AF413973

Ingérence

*

Adélaïde :
Tome XI

*

Philippe Rosenberger

Personnages :

Le Club des Damnés

Le Club des Damnés a été reconstruit ailleurs ! Découvrant avec joie neuf mois après l'incendie que Phileas avait investi la cathédrale abandonnée, les membres tout aussi bien que les Reines furent informés de sa réouverture. Le nouveau lieu, consacré et immense, fit tout d'abord regretter le précédent. Mais avec le temps et des aménagements continus, le mystère reprit de plus belle. Rien n'avait changé donc, si ce n'est un nouveau décor et une nouvelle magie des plus enivrantes.

Adélaïde

Adélaïde était une jeune étudiante comme les autres jusqu'à ce qu'elle réponde à une annonce et rejoigne le Club des Damnés. Après des débuts difficiles, de la peine et de la tristesse, elle devint néanmoins sous le nom de Méphala l'une des Reines les plus épanouies et les plus appréciées par ses consœurs et par les Cavaliers. Elle fut également l'une des plus sollicitées par les membres. Le Club lui apporta beaucoup. De la confiance en elle, un épanouissement sexuel, mais aussi et surtout l'amour en la personne de son directeur, Phileas, dont elle tomba éperdument amoureuse. Après la construction du second club, Phileas et elle se revirent et elle tomba enceinte. Dans le même laps de temps, elle découvrit qu'il était agent secret, et finit par le rejoindre au sein du *Service*. À la mort de *D*, la directrice, elle en devint la cheffe avant de finalement accoucher de ses premiers enfants, des jumeaux ; Adrien et Jean. Mais en représailles de ses ingérences dans leurs affaires, l'*Organisation* fit enlever les nourrissons, et depuis Adélaïde, Phileas, et le *Service* les recherchent activement. Remontant la trace de leur chef ils pensèrent arriver au bout de leur peine, mais malheureusement ils ne les retrouvèrent pas. Ils ne surent même pas qu'ils les avaient manqués seulement d'une heure. Tout cela affecta grandement Adélaïde, qui déprima de plus en plus. Un soir totalement déboussolée elle alla même jusqu'à se faire tatouer, et plus tard, quand Phileas fut obligé d'aider la C.I.A. à appréhender un tueur en série, elle se résolut à le quitter pour retourner à sa vie d'avant. Elle s'apprêtait à le faire lorsqu'elle découvrit qu'il l'aimait toujours autant, bien qu'il ne lui montrait pas assez à son goût. Décidée depuis à rester, et plus déterminée que jamais à retrouver ses enfants, elle se bat constamment dans ce but.

Phileas

Personnage obscur appelé Phileas ou Léopold, simple mais intrigant, il est à l'origine du Club des Damnés, bien que personne ne sache vraiment ni quand ni comment il l'a créé. Les rumeurs et les légendes circulant à son propos sont légions, et il serait pour certains un personnage séculaire, un envoyé du diable ou n'importe quoi qui pourrait justifier son influence. La vérité est pourtant toute autre, car Phileas est en réalité un multimilliardaire qui a notamment réactivé un vieux service secret chargé de stopper des menaces échappant à la justice. Mais il s'évertue surtout à démanteler une *Organisation* aussi dangereuse que mystérieuse. Après s'être fait tirer dessus, il apprit qu'Adélaïde, qu'il aimait et qui avait découvert son secret, avait été nommée agente secrète par *D*. Pour la protéger et la retirer du terrain, il la désigna pour la remplacer quand cette dernière mourut.

Par la suite, quelques mois plus tard Adélaïde et lui durent faire alors face ensemble à l'enlèvement de leurs enfants, événement qui le traumatisa tout autant que sa femme, et qui les marque encore.

Enfin, dernièrement, l'homme du club vécut de nouveau une épreuve tout aussi difficile. Appréhendé par la C.I.A, celle-ci lui demanda dans un dernier espoir de les aider à arrêter un tueur en série sévissant à travers tout le pays. S'acquittant avec brio de sa mission, Phileas accepta cette tâche éprouvante. Mais il découvrit au cours de son enquête certains odieux secrets de l'agence et qu'ils essayaient de le capturer. Leur ayant échappé de justesse il estima dès lors que le *Service* et le Club des Damnés n'étaient plus assez efficaces face à leurs ennemis et aux hommes de loi. Il eut alors une révélation, un dénominatif ; *les Artificiers*.

S'isolant, il passa dès lors plusieurs mois à créer à l'insu de ses proches ce nouveau service secret, basé sur la peur, l'intimidation et la manipulation.

Chloé

Première Reine qu'elle ait rencontrée, Chloé est devenue la meilleure amie d'Adélaïde.

Les deux femmes se sont quasiment tout de suite attachées l'une à l'autre et sont depuis deux amies complices et solidaires. Leur histoire ne s'arrête cependant pas qu'à leur amitié sans faille. En effet entraînées par la tension sexuelle qui régnait constamment au Club des Damnés, elles sont devenues à plusieurs occasions amantes avant qu'Adélaïde ne sorte avec Phileas, tissant entre elles un lien qui ne s'effilera jamais. Reine d'Or du Club, Chloé est une alliée fidèle et une figure de proue pour les Damnés. Les cheveux d'un blond caramel et le visage angélique, elle est une femme agréable et chaleureuse ouverte aux nouvelles amitiés et qui n'aime pas se prendre la tête pour un rien.

Il y a quelques mois, suite à une nuit en tous points particulière, les rapports entre Chloé et Adélaïde devinrent de nouveau d'ordre intime. En effet Phileas et celle-ci décidant de croquer la vie à pleines dents après le rapt de leurs enfants, invitèrent leur amie et une de leur collègue, Bella, à venir passer la nuit avec eux. Entretenant depuis ce jour une étrange liaison à quatre, les trois jeunes femmes et le maître des Reines se considèrent désormais comme amants et se voient régulièrement.

Dernièrement enfin, Chloé fut agressée lorsqu'une ancienne membre du Club s'en prit aux Reines. Encore affaiblie par ses blessures elle se montre toutefois plus que déterminée à devenir une alliée de poids pour ses amis.

Jean

Jean, seconde Reine Rouge ou Reine de Sang du Club des Damnés était la meilleure amie de Chloé et d'Adélaïde. Tuée par l'*Organisation* que combat Phileas, celui-ci garda sa mort secrète jusqu'à ce que la vérité éclate d'elle-même. Personne ne sait vraiment quel lien les unissait, mais Jean restera dans le cœur des Reines et des Cavaliers comme une amie très chère perdue trop tôt.

Wanda

Wanda est la fille ainée de Phileas. Italienne fière et arrogante aux premiers abords, elle est en réalité une jeune femme déboussolée vivant difficilement sa situation. Sa mère étant morte très tôt, elle vécut seule avec son père et appréhendait mal, malgré son confort luxurieux, sa fausse vie de conte italien et surtout ses absences à répétitions. Elle alla jusqu'à créer des tensions avec Adélaïde avant de finalement faire la paix avec elle-même et son père, et d'accepter sa vie d'agent secret telle qu'elle était. Chagrinée par la disparition de son petit frère et de sa petite sœur, Wanda décida d'intégrer le *Service* contre la volonté de son père, et entreprit des entraînements plus poussés avec ses agents.

Récemment elle apprit que Jarod, un jeune homme dont elle était tombée amoureuse, était toujours vivant. Le retrouvant en Allemagne, elle vit désormais le parfait amour avec lui.

Alfred

Cavalier confident d'Adélaïde, Alfred est un ancien agent de la DGSE, serviable, poli, loyal et toujours là pour prêter main-forte. Considéré par beaucoup comme le chef des Cavaliers, il est officieusement le bras droit de Phileas. C'est aussi lui qui a poussé Adélaïde à lui déclarer sa flamme. Après qu'elle ait découvert des mois plus tard la vraie nature de ses activités, elle apprit la nature de leur lien : Alfred est le père de Phileas, et par conséquent le grand-père de Wanda, d'Adrien et de Jean. Comme tout le monde, très touché par l'enlèvement des jumeaux, il s'est montré très actif dans leurs recherches, allant même jusqu'à recontacter ses anciens collègues des services secrets français.

Jean & Adrien

Jumeaux d'Adélaïde et Phileas, Jean et Adrien ont été enlevés à la demeure familiale de Bretignolles-sur-Mer. D'abord cachés par leurs ravisseurs pendant plus d'un mois, ils ont ensuite été remis à l'*Organisation* qui avait payé pour le rapt. Phileas et Adélaïde furent très marqués par cet événement, car en plus de la peine et de l'incertitude concernant leurs enfants, ils étaient à deux doigts de les sauver, d'abord le jour de l'enlèvement, puis quand la transaction entre les ravisseurs et l'*Organisation* eut lieu, et enfin lors de leur attaque contre la demeure de Dru. Toujours déterminés à les retrouver, amers et revanchards, les deux parents remuent ciel et terre pour les retrouver. D'autant plus qu'ils reçurent récemment par le biais d'un agent une photographie des enfants, toujours vivants et en parfaite santé.

Les Reines

Les Reines du Club des Damnés sont des créatures de rêves dans un lieu propice aux plaisirs et aux mystères. Chacune unique, chacune délicieuse, chacune pouvant être conquise... mais aucune acquise. Depuis la création du Club des Rodiers, le nombre de Reines n'a fait qu'évoluer. Bien qu'il n'y ait jamais eu à ce jour un seul instant où toutes furent réunies au club, il est rare que le nombre d'actives soit inférieur à une vingtaine. Il y a donc à chaque instant passé dans les lieux de délices, autant de visages que de désirs. Exotisme, fraîcheur, maturité... Il y a une Reine pour chaque goût.

Dernièrement, d'anciennes Reines furent la cible d'un tueur en série qui s'avéra être une ancienne membre jalouse d'elles. Parmi les amies proches d'Adélaïde, Eugénie et Pâris perdirent la vie. Bien que cette affaire soit désormais terminée, au lendemain des événements, les Reines sont encore marquées par le deuil.

Les Cavaliers

Vous désirez un verre ? Une collation chaude ou froide, une soupe de chocolat, un bouillon de légumes ? Vous aimeriez rejoindre une Reine dans une loge ou une salle de bain ? Vous vous êtes perdus dans les méandres du Club ?

Demandez votre chemin, demandez un renseignement. Ces hommes en redingotes toujours serviables, toujours là, sont vos plus fidèles amis. Mais n'oubliez pas, un mot de leur part à l'oreille de ces dames et vous serez châtié.

Le Service

Le *Service* est un organisme secret agissant sans reconnaissance officielle et chargé d'appréhender ou à défaut d'éliminer toutes personnes échappant à la justice. Son fondement est basé sur la légitimité et non la loi, dans un souci de faire respecter les droits de l'Homme. Totalement officieux, il est la réincarnation du *Syndicat*, un groupuscule créé dans les années 40 et réunissant des représentants de chaque nation, de chaque ethnie, de chaque religion et des deux sexes. Utopistes, ces gens voulaient créer un monde meilleur et plus juste, mais au lendemain de la Seconde Guerre mondiale, se rendant compte que l'argent avait gangrené le monde et que les gouvernements ne se souciaient plus de leurs citoyens, ils décidèrent que la seule façon de rendre le monde un tant soit peu plus juste était de mettre hors d'état de nuire les gens échappant au système pénal officiel. De rêveurs, ils étaient devenus des agents secrets impitoyables.

Bella

Bella est l'agente *Quatre* du *Service*, autorisée tout comme Phileas à tuer. Apparue d'abord aux yeux d'Adélaïde comme une rivale, la jolie brune ayant eu une aventure en mission avec le maître des Reines des années plus tôt, elle finit par devenir une collègue qu'elle respecte grandement.

Peu de temps après l'enlèvement des jumeaux, Bella devint un personnage prépondérant dans la vie des deux parents pour avoir participé avec eux à la mission *Margate*, des plus macabres.

C'est également au cours de cette mission qu'Adélaïde chercha du réconfort auprès d'elle, les rapprochant intimement. Toutefois gênée de ce dernier point la jeune femme marqua ses distances avec Phileas et elle, avant de finalement devenir leur amante quelque temps plus tard, trouvant apparemment le bonheur dans cette relation.

Malheureusement elle joua d'infortune. Lors de l'attaque visant à appréhender le chef de l'*Organisation* et à récupérer Jean et Adrien, elle fut irrémédiablement défigurée. Son bras droit et toute une partie de son visage brûlés, Bella est encore à ce jour traumatisée par cela, bien que ses amis aient réussi à lui redonner confiance en elle.

D

D est l'ancienne cheffe du *Service*. Femme de caractère âgée d'une soixantaine d'années, elle voyait d'abord l'arrivée d'Adélaïde dans la vie de Phileas d'un mauvais œil, mais au fil du temps elle se montra plus douce. Lorsque Phileas se fit tirer dessus et oscilla entre la vie et la mort, elle intervint pour arrêter Adélaïde qui avait tué son agresseur, puis la nomma membre du *Service*. *D* fut abattue sous les yeux de Phileas quelque temps plus tard par le chef de l'*Organisation*.

Billy Daniels

L'agent Daniels du *Service* fut l'assistant de *D* durant les cinq dernières années de sa vie, puis est devenu à sa mort celui d'Adélaïde. Fidèle, observateur, et dévoué corps et âme à la tâche, il est un allié essentiel des deux parents, car il fait la liaison avec tous les agents dispatchés à travers le monde. Billy est un agent de bureau. Il n'aime pas particulièrement aller sur le terrain, et la seule fois où il le fit, sur la demande d'Adélaïde, cela fut tragique. Participant à l'enquête sur le docteur Sandre, supposé membre de l'*Organisation*, il se lia instantanément d'amitié avec une jeune Anglaise nommée Maggie, mais eut l'horreur le soir même de découvrir avec les autres que le fameux docteur la leur avait servie en repas. Daniels fut le seul à avoir commencé à en manger… Profondément choqué par cette affaire, où de vengeance il martela de coups Sandre, il sombra peu à peu dans la déprime. Quelque temps plus tard en dépit de sa peine il regagna malgré tout son poste, encore plus décidé à arrêter l'*Organisation*.

L'Organisation

L'*Organisation*, appelée ainsi par le *Service* mais nommée par ses membres *D.N.C.* ou *Fantôme*, fut découverte lors de la mort de Jean. Personne ne sait vraiment grand-chose sur elle, si ce n'est qu'il s'agit d'un groupement organisé et bien plus dangereux que n'importe quelle organisation du crime. Après s'être rendu compte qu'elle avait infiltré la plupart des gouvernements et des services secrets, le *Service*

a fait sa priorité numéro une d'arrêter ses exactions… et en représailles, elle a enlevé les enfants d'Adélaïde et Phileas.
À ce jour les deux parents ont démantelé bon nombre de ses infrastructures dans l'espoir de retrouver les jumeaux et de la rayer de la carte.

Le Docteur Dru

Ce personnage était pendant longtemps inconnu de tous… Mais alors qu'Adélaïde et Phileas croyaient toutes les pistes perdues concernant leurs enfants, un agent du *Service* basé en Italie leur fit parvenir une information capitale, un simple nom qui leur en apprit beaucoup : le docteur Eugène Timothy Dru était le chef de l'*Organisation*. Cherchant dès lors sans relâche des informations à son propos, ils remontèrent avec difficulté sa piste, apprenant même avec stupeur qu'il était à l'université avec *D*, là où il l'a connue. Finalement lors d'une attaque sur sa demeure et l'une de ses bases, Phileas finit par abattre Dru. L'homme du club agit de la sorte, car il savait pertinemment qu'il ne révélerait jamais où étaient ses enfants et que l'entreprise qu'il avait bâtie perdurerait quand même.
Mais ce que Phileas ignorait c'est qu'il s'agissait en réalité d'un sosie. À l'insu du *Service* le docteur Dru était donc toujours vivant et dirigeait toujours l'*Organisation*, jusqu'à ce que l'homme du club rencontre un autre de ses doubles au cours d'une mission, et le tue également. Conscients dès lors qu'il était peut-être toujours vivant, ils reprirent de plus belle leur enquête.

Prélude

Adélaïde reprit connaissance et se redressa en sursaut. Entièrement nue, couverte de sueur, haletante, elle regarda autour d'elle affolée. Phileas était allongé à ses côtés, inconscient, lui aussi entièrement dévêtu. Toisant les alentours, elle constata qu'ils étaient dans un endroit très sombre, mais des bougies placées en cercle autour d'eux les éclairaient faiblement d'une couleur chaude. Paniquée, elle se rendit jusqu'au chevet de son époux et chercha à le réveiller.

— Phileas ! Phileas ! Réveille-toi ! le secoua-t-elle.

— Mmmh…

Phileas se réveilla tant bien que mal, une large blessure à la tempe gauche et à l'arrière du crâne.

— Bon sang, fit-il en se tenant la tête.

Adélaïde inspecta ses blessures. Le sang avait déjà séché mais malgré le sable cela ne semblait pas aussi grave que cela en avait l'air.

— Bon Dieu, dans quel bordel s'est-on encore fourrés ? lâcha-t-elle.

Phileas se redressa tant bien que mal et regarda sa femme se rendre vers les bougies les encerclant. Vive, elle en prit une et se dirigea vers les murs de pierre émergeant autour d'eux de la pénombre.

— Pourquoi est-ce qu'on est encore vivant ? demanda-t-elle.

Phileas toucha sa blessure du bout des doigts en faisant une moue de douleur et les examina ensuite.

— Je n'en ai aucune idée, répondit-il.

Adélaïde inspecta les murs, et comprenant pourquoi l'air était si étouffant et sec, elle découvrit avec étonnement des hiéroglyphes.

— Bon sang, Phileas, qu'est-ce qu'on fout dans une pyramide égyptienne ? On est dans une pyramide !

I

6 jours plus tôt, le 24 novembre. Le Caire, Égypte.
Il faisait nuit et frais. Les lumières rassurantes et chaleureuses de la ville au loin dessinaient une capitale des plus sublimes, à la pointe de la technologie et mariant avec une beauté indéniable le monde actuel avec son folklore et son ancestralité. Le Caire était un joyau. Belle ou soignée, sèche ou ancienne, selon ses rues chacun pouvait y voir un aspect différent de l'Égypte. Mais elle n'en restait pas moins l'Égypte. Cette nation aussi ancienne que merveilleuse, aussi connue que fascinante. Son aspect avait pourtant changé, les anciens dieux de l'antiquité avaient laissé place à Allah, les maisons de terre avaient vu l'émergence de buildings de béton, et de nouvelle capitale d'un pays elle était devenue le centre politique et économique du monde arabe et de l'Afrique du Nord. Malheureusement les ténèbres de cette vision nocturne en effaçaient les nombreux problèmes. L'urbanisme avait ces dernières décennies souffert de la privatisation, le développement de nombreux quartiers de la classe populaire avait été délaissé au profit des nouveaux quartiers des classes aisées, et la qualité de vie était, il fallait l'avouer, plus que médiocre en certains endroits.
Et il y avait bien sûr eu la révolution de 2011. Corruption, forces de police expéditives, état d'urgence permanent, népotisme, répartition inégale des richesses, autant de

causes de manifestations, de grèves, d'occupations et de destructions qui entraînèrent un renversement du régime pour une modification en profondeur du pouvoir en place. Il restait encore beaucoup à faire, mais le changement était depuis en marche, mené par tout un chacun. À côté de cela, ses habitants se devaient toutefois d'essayer de continuer à vivre leur vie.

Le professeur en égyptologie et égyptologue Dumont arriva devant chez lui vers 21h05 et se gara dans son allée. Coupant le moteur il sortit de sa voiture, la referma et sa mallette en cuir en main, il se rendit rapidement dans la nuit noire vers sa maison. Ouvrant la porte avec tremblement, il referma derrière lui et sans même enlever sa veste pour l'accrocher au portemanteau, il monta directement au premier étage pour se rendre à son bureau. Surexcité et stressé, Thomas Dumont alluma sa lampe de bureau, s'installa à son fauteuil et sortit les documents de sa mallette pour commencer à travailler. Étalant les photographies devant lui il analysa les hiéroglyphes qu'ils avaient pris en photo. Dans ce climat post révolutionnaire, beaucoup de choses n'étaient plus prioritaires. Mais les nouvelles fouilles archéologiques n'en faisaient heureusement pas parties et avaient repris. Ainsi la mission King Valley Project avait pour objectif de refaire des fouilles dans la vallée des Rois afin de notamment redécouvrir des tombes laissées de côté par les égyptologues du XXe siècle comme Howard Carter, qui les pensait d'une valeur moins prestigieuse par rapport à celle de Toutankhamon. Concernant Dumont, cela faisait des années qu'il était lui persuadé de l'existence d'autres tombes, mais qui se situeraient ailleurs, et cela faisait tout autant de temps qu'il avait essayé d'organiser une expédition, sans succès. Car il était un vieil homme gênant. Penser qu'il pouvait y avoir des hypogées sur le dessus des falaises bordant la vallée était ridicule. D'un parce qu'on les aurait remarquées depuis le temps, et de deux parce que leurs emplacements les rendraient bien plus vulnérables aux pilleurs de l'époque, et donc illogiques. L'ensemble de la communauté scientifique prenant pour acquis que toutes les sépultures se situaient dans la vallée elle-même, ses idées étaient écartées et son projet fut donc avorté. S'affairant avec sa loupe sur les clichés et notant sur son carnet la traduction, il tâcha d'en saisir le sens. Penché, concentré, il était absorbé par son travail quand le téléphone sonna soudain, lui faisant faire un bon. Posant sa loupe et son stylo, fulminant du haut de ses soixante-huit ans, il se leva et se rendit dans le couloir pour saisir le combiné.

— Allo ? demanda-t-il. Oui, c'est moi… Oui je viens de rentrer… J'y travaille en ce moment même… Il faudra dès que possible faire une déclaration à la presse et continuer le désenfouissement… Justement, une telle découverte est un événement. Cela permettra de nous attirer de la publicité, cela remet beaucoup de choses en question ! … Oui je sais que l'équipe de Suzanne Bickel et Elena Grothe travaille aussi là-bas… écoutez, ce sont deux sites totalement différents, on n'empiète pas sur leurs plates-bandes, nous sommes de l'autre côté de la vallée, sur le dessus de la falaise… Oui je comprends… Oui… Oui, je vous tiens informé… Au revoir.

Le professeur Dumont raccrocha, légèrement irrité, puis se rendit jusqu'au bar. Se servant un verre de whisky, il en apprécia le goût et retourna à son bureau avec la bouteille. Gêné par la fraîcheur devenant glaciale qui s'était levée, il ferma les fenêtres dont les rideaux s'agitaient largement sous les effets du vent. C'est alors qu'il la remarqua. Il y avait une voiture noire, garée non loin dans la rue. Il n'en était pas sûr mais il avait l'impression de l'avoir déjà vue plus tôt dans la journée. Deux fois même, la première alors qu'il se rendait au musée, et la seconde alors qu'il était coincé dans les embouteillages pour rentrer. La voiture lui semblait suspecte, comme si elle l'avait suivie jusqu'ici. Il distinguait clairement dans la pénombre deux hommes assis à l'avant, installés là sans rien faire… Pourquoi diable restaient-ils à l'intérieur ? Il faudrait qu'il règle cela au plus vite. Peu rassuré, Dumont fit le tour de la maison et ferma toutes les portes et les fenêtres, entrant dans chaque pièce de sa demeure pour s'assurer d'être bien seul. Puis il retourna à sa traduction. Il était rentré le matin même de l'expédition. Savourant son triomphe, il jubila presque en y repensant. L'expédition Dumont-Mehmet, première depuis des années à avoir découvert un nouvel hypogée, une tombe totalement inconnue sur les abords de la vallée des Rois. Et elle serait le clou de sa carrière, il en était sûr, car elle était intacte, elle n'avait jamais été découverte et encore moins pillée depuis l'antiquité ! Ils avaient été les premiers à y entrer, à respirer son air plusieurs fois millénaire, à marcher sur son sol poussiéreux et à éclairer de leurs torches des vestiges ancestraux datant d'une époque révolue faite de mystères et de légendes. La tombe désormais désignée sous le nom de KV65 était intacte. Dumont savourait sa découverte comme un trésor. Loin des cars de touristes, il avait remarqué sur des images satellites de la vallée une aspérité géologique qu'il avait demandé à pouvoir expertiser. La sondant à l'aide d'un radar à pénétration de sol, quelle ne fut pas sa surprise de découvrir sous le sable une dalle plate et rectangulaire ! C'était la preuve qu'il avait eu raison. Son projet revit alors le jour, renaissant miraculeusement de ses cendres. Avec son équipe et Mehmet, ils avaient ensuite en à peine quelques heures dégagé les abords de la lourde plaque de marbre, qu'ils avaient ensuite fait soulever à l'aide d'une grue. Descendant le long d'un étroit escalier d'une trentaine de marches s'enfonçant dans la montagne, ils s'étaient enfin retrouvés face à une porte. Puis une fois qu'ils l'eurent dégagée et qu'ils furent entrés…

Le professeur Dumont entendit un craquement de plancher. Sursautant, aux aguets, il écouta, tendant l'oreille. Le bruit ne se reproduisit plus. Se repenchant sur la traduction, il avait presque pu retranscrire l'intégralité du cartouche funéraire.

— *« Quiconque profanera ce tombeau se verra pourchassé par le Pharaon vengeur. Revenant d'entre les morts, il viendra leur ôter… »*

Le Professeur Dumont repensa aux pilleurs de l'antiquité et du XIXe siècle. Ces menaces y étaient certainement prises avec sérieux, vu le folklore, mais cela ne les empêchait pas pour autant de saccager les tombes. À l'heure actuelle cependant, il en était tout autre. L'époque où la presse faisait les gros titres de la malédiction de Toutankhamon décimant les membres de l'expédition Carter était révolue. Plus personne ne croyait en ces histoires. La science avait remplacé la superstition et les nombreux films d'épouvante traitant du sujet en étaient la preuve. Aujourd'hui, ce n'était plus qu'un sujet de frisson, voire de drôlerie, mais rien de plus.

Dumont se servit un autre verre de Whisky, avala plusieurs gorgées et continua la traduction. Il chercha rapidement des yeux sur les photos si un autre cartouche désignait par hasard qui résidait en ces lieux, pour savoir qui était ce fameux Pharaon vengeur. Ils n'avaient que lentement exploré le tombeau à ce jour, mais son occupant devait faire partie de la XXe dynastie à la vue des bas-reliefs et des peintures murales. Serait-ce bien la tombe de Ramsès VIII, dont le règne fut éphémère se demanda-t-il ? Dumont était excité à cette idée, c'est ce qu'il espérait. Ils n'avaient jamais retrouvé sa tombe et ses origines étaient un mystère. Mon Dieu, cela rendait sa découverte encore plus fascinante et incontournable qu'elle l'était déjà !

Dumont ne tenait plus en place. Il but une autre gorgée de Whisky, fou de joie, quand un autre bruit provenant du couloir se fit entendre. Sorti de sa bulle d'émerveillement, il s'affola en un instant. Y avait-il quelqu'un chez lui ?

— Il y a quelqu'un ? demanda-t-il, Della, c'est toi ?

Il ne reçut aucune réponse, si ce n'est un nouveau bruit du plancher qui craqua. Effrayé, soudain parcouru d'une sueur froide, il s'avança lentement vers le couloir. Scrutant dans le noir, il crut distinguer une forme monter les escaliers. Cherchant l'interrupteur de la main, il alluma. Poussant un effroyable cri de terreur, il mourut d'une foudroyante crise cardiaque. Son cœur s'arrêta net, son esprit si horrifié, sa raison si torturée qu'il fut emporté en un instant.

Tombant au sol, figé, Dumont était mort de peur.

II

25 novembre 2014, 5h45.

Alfred se leva avec peine de son lit. Son dos lui faisait immédiatement mal au réveil et il dut rapidement prendre un calmant pour stopper la douleur. Luttant comme chaque matin, enfermé dans sa routine, il se rendit ensuite la mine maussade jusqu'à la cuisine et se fit couler un café. Puis il déjeuna en lisant le journal et en regardant les informations à la télévision. Une fois son repas ingurgité, il fit sa toilette, prit sa douche et s'habilla. Frais et disposé, prenant ses clés, il se rendit alors jusqu'à sa voiture et quitta sa maison. Roulant calmement en écoutant la radio, il arriva une quinzaine de minutes plus tard devant une vieille demeure du XIXe siècle situé dans le quartier *nouvelle-ville*. En pierres rouges recouvertes d'un lierre fané par le froid, la bâtisse faite sur quatre niveaux était placée au centre d'un terrain noyé parmi les nombreuses autres vieilles et riches maisons, mais dont les palissades délimitaient heureusement la propriété et interdisait la mitoyenneté. Se garant dans la cour devant le garage, il sonna à la porte d'entrée. Des pas se firent entendre et l'on vint succinctement lui ouvrir.

— Ah, bonjour Alfred, bien dormi ? demanda le résident des lieux.

— Bonjour Basile, autant que faire se peut, répondit-il en entrant. Et toi ?

— Je n'ai pas trop à me plaindre, annonça celui-ci en refermant derrière lui.

Alfred hocha de la tête et sans bavardages, traversant le couloir, il s'enfonça dans la vieille bâtisse pour se rendre jusqu'au salon Saint Francis. Alfred aimait cette demeure. Construite en 1846, riche en tableaux, en boiseries et en antiquités, c'était une vieille propriété qui valait des millions aujourd'hui, tant par son architecture, sa pierre, ses nombreuses pièces et son petit jardin en centre-ville, que par ses nombreux meubles d'époques et objets dignes de musées. Elle lui rappelait le manoir de son grand-père en Écosse où il avait passé de nombreuses vacances d'été. Alfred n'était toutefois pas venu pour revivre ses souvenirs d'enfance, ni même pour apprécier la décoration d'intérieure Allemande. Pénétrant dans le salon Saint Francis, il retira sa veste et commença à ôter ses vêtements, qu'il posa sur le canapé.

— Je te les mettrais en haut, dans la chambre d'ami d'accord ?

— Bien, merci Basile. Qui est déjà arrivé ?

— Tibérius, Jacques, Winston et Ézéchiel.

— D'accord, des instructions pour aujourd'hui ?

— Rien de particulier.

Basile lui tendit son costume d'époque de Cavalier, superbement repassé.

— Par contre, déclara-t-il soucieux, Ambroisie, trois des sœurs Légion, Mélisande, Caroline et Camilla sont revenues cette nuit pour dormir.

Alfred s'étonna tout en se revêtant.

— Elles tiennent le coup ? Elles vont bien ?

— Oui, Hector était revenu après le départ de Phileas et Adélaïde, pour monter la garde. Il les a installées dans la chambre secrète. Je pense qu'elles essayent juste de surmonter leur deuil[1]. L'enterrement hier a dû les chambouler.

— On en serait à moins. Surtout Mélisande.

Le vieux Cavalier termina de faire son nœud papillon, enfila ses chaussures et sa redingote et regarda son ami.

— Il ne devrait pas y avoir beaucoup de monde aujourd'hui cela dit, lui annonça celui-ci.

— Oui, une journée tranquille, mais tu verras que dès huit heures on aura nos habitués.

Basile esquissa un sourire.

— Certains sont plus vieux que moi, difficile de croire qu'ils continuent à venir.

— Que veux-tu, ils s'y sentent autant chez eux que nous.

Alfred prit sa montre à gousset qu'il attacha à son veston, et paré, se dirigea vers la vieille horloge lorraine du salon.

— Je vous rejoins vers midi, j'attends que Richard arrive, conclut Basile.

— D'accord.

Alfred appuya sur le bouton caché derrière le fond de l'horloge pour ouvrir le passage secret. Sous l'escalier non loin, la tapisserie et la boiserie du mur furent alors fendues d'une ouverture dessinant les contours d'une porte dérobée. La poussant, il descendit les marches de pierre l'amenant dans le souterrain, et suivant le vieux réseau électrique, s'enfonça dans les méandres de la propriété. Se faisant il rejoignit par les tunnels l'ancien chemin de fer et après une dizaine de minutes de trajet en vieux wagon, arriva à la cathédrale. Rejoignant ses confrères, il entra alors dans le salon réservé aux Cavaliers et se servit un thé Earl Grey.

---

[1] Voir tome précédent.

— Messieurs… bien dormis ?

— Alfred bonjour, déclara Tibérius. Assez oui.

— Très bien.

— Jacques est où ?

— Il est parti maquiller ces dames, répondit Ezéchiel.

— Qui s'occupe de l'entrée des membres encore ?

— Jim, Rupert, Hector et Horace, annonça Winston.

Alfred touilla son thé puis s'installa dans un des fauteuils.

— Bon, on ne devrait pas avoir beaucoup de membres aujourd'hui, ils ont été prévenus seulement cette nuit.

— Hormis les habitués, sourit Tibérius.

— Concernant les Reines, Ambroisie, les sœurs Légion, Aimée, Caprice, Mélisande, Sublime, Caroline et Camilla sont déjà là.

— Qu'est-ce qui les motive autant à venir ? s'étonna Ezéchiel.

— Elles sont payées pour. Ne sous-estime pas le pouvoir de l'argent, répondit Tibérius.

— Mmmh, j'aime à croire qu'elles aiment le Club plus que leur paye, ronchonna Winston.

— Oh c'est le cas, mais l'argent est un très bon moyen de les faire venir.

Alfred approuva de la tête, songeur, et but son thé. Les Reines vivaient presque au Club des Damnés pour la plupart. Caroline et Camilla en avaient même une peau très blanche à force de rester à l'intérieur. Ses confrères avaient raison, l'argent était un bon moteur de fidélité, mais ils savaient tout comme lui qu'elles aimaient vraiment le Club. C'était leur famille, leur maison. Depuis dix-sept ans qu'il était ouvert toutes s'y étaient senties chez elle, et ce malgré les morts, les vendettas et les départs. Il ne trouvait donc pas étonnant qu'elles soient là dès la première heure pour la réouverture. Malgré le deuil, elles s'y sentaient en sécurité.

— Bon, conclut Alfred en se levant, son thé rapidement terminé, je vais accueillir nos hôtes et rappeler à ces charmantes demoiselles que gagner de l'argent ici est tout aussi intéressant que de le dépenser dehors.

— Haha, rigola Ezéchiel, et dis-leur d'arrêter de finir toutes les glaces du congélateur !

Un sourire aux lèvres, Alfred quitta le salon pour se rendre à l'étage des Reines.

— Je savais qu'on n'aurait jamais dû leur parler de la cuisine secrète…

Toujours amusé en entendant les dernières paroles de Tibérius, Alfred quitta leur étage et se rendit dans la salle des sens d'un pas enjoué. S'y afférant comme à son éternelle habitude, il y alluma les bougies, vérifia que tout était bien à sa place puis passa rapidement dire bonjour aux filles présentes. Revenant ensuite dans la salle des sens, il se rendit devant la porte d'accès au couloir des membres, puis attendit. Regardant sa montre à gousset, il vérifia l'heure, et à 8h15 une nouvelle journée commença tandis que M. Johnson, M. Harris, M. le capitaine Muller, et M. Pierre arrivèrent. Alfred leur adressa un sourire entendu et les invita à s'installer dans leurs fauteuils habituels, au coin de la cheminée. Puis il se rendit au bar pour préparer leurs cocktails. Alfred les connaissait depuis plus de quinze ans. Fidèles membres, ils venaient pour ainsi dire depuis les débuts du Club, à l'époque des Rodiers. Ils s'y étaient d'ailleurs eux-mêmes rencontrés et y étaient devenus amis, eux quatre ainsi que trois autres membres malheureusement décédés depuis. Évoquant au fil des années leurs souvenirs de guerre entre eux ou avec toute personne avide de vieilles histoires, ces quatre retraités faisaient presque partie des meubles. Ils ne venaient jamais pour les Reines, étant peu intéressés par leurs jeunesses, mais pour l'ambiance. Ils adoraient le club, pour ses décors, ses mystères, sa tranquillité, et pour le plaisir de simplement y être installés au coin du feu. C'était difficile à concevoir de nos jours, mais Alfred savait qu'à la différence des membres plus jeunes qui venaient pour admirer leurs charmes, eux appréciaient simplement les lieux pour être coupés de leur monde. Plutôt que d'être seuls chez eux, ils venaient ici pour être entourés, discuter avec des gens de leur âge, boire quelques verres, lire des livres anciens et parfois simplement dormir dans un fauteuil. Et il fallait avouer qu'Alfred et les autres Cavaliers les appréciaient beaucoup. Toujours respectueux, toujours éloquents, ils étaient certes parfois radoteurs, mais aucun problème n'arrivait jamais à cause d'eux.

Alfred termina leurs cocktails et leur servit.

— Merci bien Alfred, déclara le capitaine Muller.

— De rien. Cette brève coupure dans le fonctionnement du Club ne vous a pas trop ennuyé j'espère ? répondit celui-ci.

— Ma foi, je n'avais guère le choix que de rester chez moi, avoua le vieil homme. Mais comme vous m'aviez laissé emprunter cette superbe édition d'Agatha Christie, j'ai eu de quoi m'occuper.

— Ce fut un plaisir, lui sourit Alfred.

Le Cavalier servit ensuite M. Harris, qui toussota avant de le remercier, puis M. Johnson et M. Pierre, qui lui demandèrent comment il se portait. Toujours avec le sourire, il leur répondit et discuta un peu avec eux avant de retourner au bar. Tout au long de la matinée, les Reines, ses camarades et d'autres membres arrivèrent ensuite, remplissant peu à peu la salle des sens. Les choses reprenaient leur cours et Alfred fut ainsi occupé durant plusieurs heures à servir, à écouter quelques confidences et à régler des détails concernant la gestion du Club. Il commençait à se sentir fatigué et son dos lui faisait de nouveau mal quand il décida de s'octroyer une pause. Il s'apprêtait donc à se rendre à l'étage privé des Cavaliers quand la Reine Esme le saisit par le bras et l'invita à le suivre, chose qu'il ne put se refuser à décliner.

— Quel est le souci ? demanda-t-il.

— Oh, il n'y en a aucun, déclara la jeune femme, nous désirions juste vous inviter à venir boire un coup avec nous.

Le Cavalier s'étonna mais suivant la demoiselle, il pénétra dans l'un des salons victoriens attenants au couloir de la salle de bal. Là, s'installant dans un des fauteuils, non sans une pointe de réticence du fait de sa prise de médicaments, il accepta alors une coupe de champagne.

— Au Club des Damnés triomphant, s'exclama la Reine Sublime en levant son verre.

— Au Club des Damnés triomphant, reprirent en chœur les autres Reines.

Alfred but une gorgée de ce toast, et regarda les jeunes femmes présentes autour de lui. Sublime, Esme, Camilla, les sœurs quadruplées jouant le rôle de la Reine Légion, Caroline, et encore tant d'autres… Il commençait à ne plus réussir à se souvenir de tous les noms tellement elles étaient nombreuses. Pourtant il l'avait su il fut un temps, mais il se faisait vieux, c'était certain. La sénilité se ressentait un peu.

— Ça va Alfred ? lui demanda Camilla.

— Oui, oui, je suis juste un peu fatigué, avoua celui-ci, chaque jour plus âgé et moins performant.

— Elles me manquent, je n'arrive pas à croire qu'elles soient mortes, lâcha Sally Brand, les yeux dans le vide, perdue dans ses pensées.

— Oui, en effet, c'est dur à imaginer. Surtout vu les circonstances de leur mort, compatit Alfred.

— Bon sang, tout ça à cause d'une folle jalouse, ne put s'empêcher de se remémorer Caroline.

— Eh oui, ça arrive, il y en a plein.

— Ouais, c'est moche tout de même, elles étaient si jeunes. Le Cavalier et les Reines partagèrent un temps de silence, en mémoire de leurs amies tout juste enterrées, quand on toqua à la porte du salon.

— Entrez, ordonna-t-il.

Les Reines et lui se retournèrent vers la porte et regardèrent de qui il s'agissait. C'était Rupert, qui s'avança furtivement et expressément vers lui et se pencha à son oreille.

— Tu as un appel téléphonique, redirigé automatiquement depuis chez toi, murmura-t-il.

Alfred le regarda étonné et fronça les sourcils. Qui pouvait bien l'appeler ?

— Mesdemoiselles, excusez-moi, déclara-t-il inquiet avant de se lever.

Aussi rapidement que Rupert n'était entré, il ressortit sans rien ajouter et se dirigea vers la salle des sens. Une fois à l'intérieur, il se rendit au bar et passa derrière pour ensuite descendre l'escalier et rejoindre leur étage. Se rendant dans l'antichambre, il prit alors sur la commode le combiné du vieux téléphone à cadran et le porta à l'oreille.

— Alfred Collenly à l'appareil, j'écoute ?

III

Adélaïde et Phileas étaient au *Service*. N'ayant pas réussi à trouver le sommeil, ils étaient venus dans la nuit pour faire analyser la photographie que leur avait envoyé *double-zéro huit*. Chargé d'enquêter sur les liens de l'*Organisation* avec la mafia russe, celui-ci avait finalement été compromis par leurs ennemis, et pour lui signifier sa découverte, on la lui avait transmise. Mais au-delà du caractère étrange de cette livraison, les deux époux furent heureux d'avoir un cliché récent de leurs enfants, même si cela réveillait des souvenirs douloureux. Installés muets dans le bureau d'Adélaïde, ils étaient ainsi inquiets quant à leurs enfants toujours disparus, et espéraient pouvoir en tirer des indices. Malheureusement, comme vint le leur annoncer la section scientifique, il n'y avait aucune trace d'ADN ni aucune empreinte digitale. Rien. Mis à part les empreintes d'Isaac et d'eux-mêmes, l'*Organisation* avait fait très attention à ne pas laisser d'indices.

— Et les vêtements des enfants ? demanda Adélaïde en faisant tournoyer son bourbon dans son verre, regardant son agent depuis son fauteuil.

— Les vêtements que portent vos enfants sont trop courants pour que cela indique quoi que ce soit et l'herbe et les pins en arrière-plan ne sont pas assez caractéristiques pour en déduire une région spécifique du monde.

— La photo semble récente, tout au plus datant d'une semaine, c'est cela non ? annonça triste la jeune mère. Ils ont l'air si grands. Une herbe aussi verte et un décor aussi ensoleillé en plein mois de novembre, cela peut être un point de départ non ?

— Je suis désolé madame, hocha l'agent de la tête. Ils peuvent très bien être plus au sud. On a lancé une recherche et à cette période de l'année le quart du globe peut correspondre.

Phileas, adossé à la bibliothèque regarda le jeune agent, quelque peu déçu.

— Bien, merci, annonça-t-il.

— Agent Romano, Mathias, c'est cela ? demanda Adélaïde, amère et les yeux rouges.

— Oui madame ?

— Pourriez-vous scanner proprement la photo et m'en faire une copie numérique s'il vous plait ? J'aimerais pouvoir afficher mes enfants sur mon ordinateur.

L'agent Romano sortit une clé USB de sa poche, qu'il lui tendit.

— Nous l'avons déjà fait madame.

— Merci, lui fut reconnaissant Phileas.

Le jeune homme acquiesça de la tête, compatissant.

— Monsieur, *M*, les salua-t-il.

Il sortit ensuite du bureau sans rien ajouter. Adélaïde chargea la photographie sur son ordinateur et la mit immédiatement en fond d'écran, tandis que son époux termina lui son verre de bourbon et vint s'assoir en face d'elle de l'autre côté du bureau.

— Tu me l'enverras ? J'aimerais en faire de même, lui demanda-t-il.

— Bien sûr.

Adélaïde regarda longuement la photographie et se noya dans les yeux de ses enfants. Ils lui manquaient terriblement. Ses deux bouts de chou…

— Ils auront deux ans dans deux mois, déclara-t-elle après un long silence pesant.

— Je sais.

Phileas se resservit de l'alcool et avala son verre d'une traite.

— Des nouvelles d'Isaac ?

— Il devrait arriver aujourd'hui. On le débriefera dès son retour, répondit-elle nonchalamment.

— Il faut envoyer un autre agent là-bas, reprendre ses investigations.

Adélaïde acquiesça.

— Je songe à envoyer *double-zéro seize*. Elle aimerait retourner y vivre.

— Bon choix, elle est belle et intelligente, elle ne devrait pas avoir trop de mal à s'en sortir.

Adélaïde approuva de la tête, toujours perdue devant la photographie de leurs enfants, quand les yeux rouges et humides, elle regarda finalement son époux avec insistance.

— Je vais devenir folle Phileas, j'ai besoin de dormir un peu…

Il hocha de la tête.

— Viens.

Quinze minutes plus tard.

Phileas avait installé Adélaïde dans leur appartement privé au sein des locaux du *Service* et lui avait donné un somnifère. Prévenant son assistant de ne pas la déranger, il repartit ensuite à son propre bureau.

— Bonjour monsieur, le salua sa secrétaire.

— Bonjour Corie.

Phileas passa devant la demoiselle et ouvrant la porte, s'installa à son office.

— Je…

— Pas maintenant, demanda-t-il fermement et énergétiquement.

La jeune femme insista quand même et se présenta face à lui.

— Je voulais vous exprimer ma compréhension, je me doute que ce doit être un moment difficile pour *M* et vous.

Phileas la regarda avec une pointe d'agacement.

— Pas plus tard qu'avant-hier vous m'en avez collé une parce qu'on a couché ensemble et qu'elle vous a fait croire qu'elle le dirait à votre copain pour pouvoir elle aussi coucher avec vous ! Franchement, j'n'ai pas besoin d'hypocrisie là tout de suite ! s'énerva-t-il.

Corie baissa les yeux, mal à l'aise.

— Je suis navrée, oui je vous en veux pour vous être servis de moi pour votre petit jeu, mais je suis vraiment désolée de ce qui vous arrive. Je sais que la photographie que vous avez reçue a certainement ravivé plus de cicatrices qu'elle ne vous a fait de bien, et je tenais à vous dire que je compatis.

Phileas fit une moue, et tenta de calmer sa colère.

— Non, c'est moi qui suis désolé, s'excusa-t-il, je n'aurais pas dû m'emporter comme ça contre vous.

— Ce n'est rien, c'est compréhensible.

Un léger blanc s'installa, les gênant tous les deux.

— Vous allez bien ? demanda-t-il pour tromper leur mal-être.

— Je… oui, comment ça ?

— Je ne sais pas, votre couple, votre vie privée, ça va ?

Corie le regarda avec une pointe d'étonnement. Mais compte tenu des récents événements, cet étonnement se transforma rapidement en colère.

— Vous voulez dire, est-ce que j'ai dit à mon copain que je l'avais volontairement trompé avec mon boss puis avec sa femme ?

Phileas comprit la maladresse de sa question et le regretta amèrement.

— Désolé.

— Non, je ne lui ai pas dit, formula-t-elle en retenant cette fois elle sa rage, et je ne lui dirais pas non plus que j'ai payé notre superbe voyage de l'année prochaine en couchant.

Sur ces mots haineux, elle tourna les talons et repartit à son bureau.

— Corie ! l'interpella-t-il.

Phileas vociféra intérieurement. Il savait que cela laisserait des séquelles, mais il n'avait pas eu besoin de cela maintenant. Il se leva donc et alla la voir pour en discuter.

— Laissez-moi tranquille, ordonna-t-elle en s'affairant à ses dossiers.

Phileas ferma la porte à clé et s'installa en face d'elle.

— Je sais que vous vous êtes sentie bafouée, et je m'en excuse, commença-t-il.

Elle le regarda les yeux rouges.

— Bafouée ? ricana-t-elle ironiquement. Je me suis laissée séduire par vous et on a fait l'amour ! Bon sang, j'y ai pris du plaisir, bien que ce soit mal et que je n'aime pas l'idée d'être infidèle, car vous me plaisiez énormément, et j'apprends que vous, vous avez fait ça uniquement par jeu ! Et conformément à ce jeu, votre femme m'a ensuite fait croire qu'elle allait me virer et tout raconter à mon mec pour que je couche avec elle aussi !

— Écoutez, c'est parti trop loin, je vous l'accorde, mais cela n'avait rien de personnel, je ne voulais pas vous faire de mal, et elle non plus, on avait juste envie de coucher avec vous.

Corie eut des larmes aux yeux.

— Oui, ça, je le sais que ce n'était pas personnel ! Vous vouliez juste me baiser pour votre stupide jeu de couple !

Phileas maudit ses mots.

— Non ! Ce n'est pas ce que je voulais dire, j'avais très envie de coucher avec vous, sincèrement, et elle aussi, je le sais ! Vous m'attirez beaucoup, et je suis content que cela ait été réciproque. Et je sais que la façon dont elle a tiré parti de la situation est impardonnable, je suis désolé que cela soit allé si loin, c'est regrettable.

— Vous prétendez que vous vouliez sincèrement coucher avec moi et que ce n'était pas prévu qu'elle utilise ensuite cette information pour me faire gratuitement souffrir pour avoir un prétexte pour me sauter ? demanda la jeune femme, les yeux humides.

— Oui, déclara honnêtement Phileas.

La jeune blonde croisa les bras et le jaugea d'un œil mauvais, écœuré.

— Et avec combien d'autres femmes avez-vous couché durant votre petit jeu ?

Phileas la regarda mal à l'aise sans répondre.

— Je vois, visiblement, je n'étais pas la seule.

— J'avoue, vous n'étiez pas la seule. Mais je vous rappelle que nous deux cela s'est fait comme ça, sans être programmé. Ce n'était pas prévu.

— Non, me mettre des doigts durant le trajet n'était absolument pas préparé ! vociféra-t-elle presque.

Phileas réprima une parole de colère.

— Je suppose que je les connais en plus, ces autres femmes avec qui vous avez couché, demanda Corie.

L'homme du Club souffla, dépité.

— Oui. L'une des deux travaille ici.

— Qui est-ce ?

— Est-ce vraiment nécessaire ?

— Qui est-ce ? redemanda Corie.

Phileas la regarda en sachant pertinemment qu'elle allait s'énerver.

— C'est Céline Dru.

— Quoi ? s'indigna-t-elle, la fille de votre pire ennemi ? Vous êtes allé sauter cette pauvre fille ? Vous êtes vraiment écœurant !

Phileas inspira un grand coup, bien décidé à mettre un terme à cette conversation.

— Je n'ai pas de compte à vous rendre, je vous rappelle que vous avez un copain et que vous êtes aussi responsable que moi !

— Sauf que moi j'en avais vraiment envie ! Et que j'aurai ça sur la conscience toute ma vie !

— Moi aussi ! Sauf que si Adélaïde et moi on n'avait pas eu envie de jouer à ce petit jeu, en aucun cas cela ne se serait passé !

— Visiblement il y a plein de monde que vous aviez envie de vous taper, bien contente que vous ayez pu assouvir votre fantasme !

Phileas se renfonça dans son siège, lassé.

— Bordel, vous êtes chiante !

— Quoi ? Moi je suis chiante ? s'offusqua-t-elle.

Il se leva et retourna vers son bureau.

— Oui vous êtes chiante, vous ne cessez de dire que ce ne fut qu'un jeu et qu'Adélaïde vous a utilisée, mais vous avez

demandé une compensation financière et matérielle pour ça,
alors je ne vois pas de quoi vous vous plaigniez !

La jeune femme se leva et le gifla sommairement et de
toutes ses forces. Phileas eut un mal fou à se retenir de lui
rendre la pareille.

— Disons que c'était mérité, encore une fois, déclara-t-il
juste.

— Vous êtes un salaud !

— Vous vous sentez juste trahie !

Sur ces mots, Phileas ferma la porte de son bureau et s'y
installa. Allumant son ordinateur, il essaya de se changer les
idées en compulsant des rapports, mais sans succès. Il
repensa à ses enfants, à Dru, et surtout à la situation tendue
qu'ils avaient créée avec Corie. Il l'appréciait beaucoup,
mais cela ne pourrait plus durer si cela continuait ainsi. Ils
avaient eu envie avec Adélaïde de flirter à droite à gauche,
pour pimenter leur couple. Il avait ainsi couché avec Corie,
avant qu'Adélaïde ne la menace de tout répéter à son copain
pour en faire de même. Il lui avait ensuite révélé la chose
mais elle l'avait mal pris, ce qui était normal. Elle avait
cependant exigé une compensation sous la forme d'une
augmentation de salaire et le droit d'utiliser leur maison des
Caraïbes et leur yacht pour ses vacances. Il avait bien sûr
accepté, compréhensif mais il ne pensait pas que cela aurait
de telles répercutions. Alors peut-être devraient-ils la muter
ailleurs ? Phileas se posa sérieusement la question, quand
Corie entra justement, accompagnée de l'agent *double-zéro
huit*.

— Isaac !

Oubliant ses soucis, Phileas se leva avec le sourire et serra
son ami dans ses bras.

— Heureux de te revoir mec !

40

— Et moi donc ! J'ai appris que vous aviez reçu la photo ! déclara l'agent Memphis en lui tapotant le dos.

— Oui, hier, merci.

— Je vous laisse, s'effaça Corie en s'essuyant les yeux en fermant la porte.

— Merci.

Phileas l'invita à s'assoir et sortant une bouteille de whisky, lui servit un petit verre.

— L'analyse a donné quelque chose ? demanda Isaac en le prenant.

— Non, rien malheureusement.

— Ta femme est là ? Je suis passée à son bureau mais je ne l'ai pas vue, annonça l'agent en portant un toast.

— Oui elle est là, mais elle se repose, on n'a pas dormi de la nuit, on a eu une semaine éprouvante, et ta lettre n'a pas arrangé les choses pour notre fatigue, fit Phileas en avalant son verre.

— D'accord.

— Tu as pris l'accent russe en tout cas, sourit l'homme du club.

— Oui bah deux ans d'immersion à Moscou ça laisse des séquelles.

Isaac termina son verre puis redevint sérieux.

— Qui *M* veut envoyer me remplacer là-bas ? demanda-t-il.

— Angelika Grothkiev.

— Ah oui, je me souviens d'elle. Oui, elle sera parfaite, elle s'y sentira comme un poisson dans l'eau. Je la brieferai quand je la verrai.

Phileas approuva de la tête.

— Tu as eu de nouvelles informations sur Dru ou l'*Organisation* ? l'interrogea-t-il.

— Non, rien de nouveau, enfin, pas plus que ce que j'envoyais, mais je croyais que Dru était mort ? se surprit Isaac. Non ?

— Non, avoua déçu Phileas en leur resservant un verre. Je l'ai aperçu en Italie. Tout du moins il s'agissait de son sosie parfait…

L'agent s'effraya.

— Du coup vous pensez qu'il pourrait y en avoir d'autres ?

— Oui, c'est le plus vraisemblable, et le plus effroya…

Phileas s'interrompit, son téléphone portable vibrant dans sa poche. Il le sortit et regarda son écran. Il venait de recevoir un SMS, envoyé par Corie.

— Je… deux secondes.

— Pas de soucis.

Phileas l'ouvrit ; *« Vous avez couché avec beaucoup d'autres filles du Service ? »*

— Comment tu t'es fait confondre ? reprit-il la conversation en remettant son portable dans sa poche.

— Je ne sais pas vraiment je t'avoue. Je pense que l'un de mes indics a dû me vendre. Trois hommes se sont pointés à ma piaule et m'ont braqué de leurs armes. Je pensais repartir dans un sac mais l'un d'eux m'a tendu l'enveloppe et m'a simplement dit qu'ils allaient bien. Puis ils sont repartis. J'ai compris le message alors je vous l'ai discrètement envoyé et j'ai préparé mon retour.

— Étonnant qu'ils t'aient épargné, songea Phileas en buvant une nouvelle gorgée. Ils ont tué Agathin sans sommation.

— C'était avant la mort de *D*, l'enlèvement de vos enfants et tes innombrables agissements contre eux, rappela Isaac. Bordel, je réalise que je ne les ai jamais vus, et que je n'ai même jamais rencontré *M*.

— Oui, en effet… Beaucoup de choses ont changé depuis ton départ.

Phileas tendit ses pieds sur son bureau et regarda son ami.

— En tout cas je suis content que tu sois revenu. Tu as visité les locaux ?

— Non, du tout, et je t'avoue que je suis un peu perdu ici. Mais j'attends que ta charmante assistante me fasse la visite, sourit Isaac.

— Ah ben vas-y, demande-lui. *M* t'en donnera une aussi, on en a tous une maintenant.

— C'est bien ça, ça facilitera la paperasse.

— Oh oui ! Tu n'as pas idée ! ricana Phileas.

Isaac sembla satisfait de ces nouvelles, puis termina son verre et se leva.

— Je vais aller lui demander si elle veut bien m'accompagner chez *Gadget*, cela fait longtemps que je ne l'ai pas vu, annonça-t-il complice en lui faisant un clin d'œil.

— Parfait ! Et quand *M* sera réveillée, on fera ton débriefing.

— Pas de soucis !

Isaac et Phileas se serrèrent la main et l'agent *double-zéro huit* sortit de son bureau. L'homme du club resté seul réfléchit alors à la situation avec sa secrétaire. Isaac avait dû voir ses yeux humides, et elle avait certainement donné le change, mais il n'aimait pas l'idée qu'elle soit malheureuse. Sortant son portable de sa poche, il lui rédigea donc un SMS, qui n'aiderait rien, mais qui au moins serait honnête.

« Une agente est notre amante régulière à Adélaïde et moi, et sinon non, pour le jeu, que Céline et vous, et avec Céline ce ne fut que des préliminaires. »

— Bordel, comme si j'avais besoin de ça. On peut plus s'amuser sans qu'on nous emmerde.

Phileas se leva et quitta son bureau. N'arrivant pas à travailler, il voulait finalement essayer de dormir un peu et rejoignit Adélaïde. Entrant dans le salon de leur appartement privé, il retira ses vêtements puis entra dans leur chambre. Se couchant à ses côtés sous les draps, il la prit affectueusement dans ses bras.

— Mmmh…

Phileas ferma les yeux, prêt à s'endormir, quand son téléphone vibra encore. Il s'agissait de Corie, qui répondait à sa révélation.

« Carrément une amante régulière ? »

Phileas répondit mais ne donna pas plus de détails.

« Si cela vous énerve, ou si vous êtes jalouse, Isaac aura besoin d'une secrétaire ! »

Il reposa son téléphone, mais la réponse ne se fit pas attendre et son téléphone vibra de nouveau.

« Je ne suis pas jalouse ! Vous voulez me virer ? »

« Vous voulez rester ma secrétaire ? », rétorqua-t-il.

« Oui… »

« Alors, arrêtons de nous chamailler… »

— Mmmh, à qui tu écris ? demanda Adélaïde en émergeant un peu et le voyant sur son téléphone.

Phileas soupira et lui expliqua la situation.

— C'est une femme, elle est jalouse et triste de ne pas avoir été la seule avec qui tu me trompes, annonça Adélaïde. Et elle se sent trahie d'avoir été utilisée pour un jeu, c'est normal. Tu lui plais…

— Je sais chérie… Tu nous as bien mis dedans !

— Quoi ? s'étonna la jeune femme.

— Avec ton coup de pute, lui rappela son époux.

— Ouais, ben j'avais envie de m'amuser moi aussi, rétorqua-t-elle.

Phileas lui fit un bisou sur la joue.

— Je sais ma chérie, je sais. Au fait, Isaac est arrivé.

— Mmmh, pas tout de suite, il faut que je dorme…

Se retournant elle s'installa en cuillère avec lui, mais Phileas reçut un nouveau message.

— Oh la chiante, dis-lui d'arrêter ou je la vire…

— Chérie…

— Invite-la à venir dormir avec nous, saute là, mais qu'elle arrête de t'écrire, grommela Adélaïde.

« Vous êtes où ? »

— Elle me demande où je suis…

Adélaïde se retourna vers lui et le regarda dans les yeux malgré la pénombre.

— Tu veux recoucher avec ?

— Et toi ?

— Le jeu continue non ? sourit-elle malicieuse, quoiqu'à moitié endormie.

— Tu ne devais pas te reposer toi ? dit-il en l'embrassant sur la bouche.

— Sauter une fille à côté de ta femme, ça ne te dit pas ?

Phileas prit son téléphone et répondit à Corie. *« Je suis couché, avec Adélaïde. »*

« Ah ? Tant pis. »

« Vous pouvez venir nous rejoindre… »

« Vous plaisantez ? Non merci, je ne veux pas tromper une nouvelle fois mon copain, surtout avec vous, c'est non. Vous avez Céline et l'autre pour ça ! »

« Tant pis… »

Phileas éteignit son téléphone et le mit sur la table de chevet.

— Elle vient ? lui demanda Adélaïde.

— Elle m'a dit qu'elle ne voulait pas le tromper de nouveau.

— Bah tant pis pour elle.

— Au fait, Isaac est à exclure, je ne veux pas que tu te le fasses ! ricana nerveusement Phileas.

— Ah bon ? Je n'ai pas le droit de me faire passer dessus par tes potes ? Tu te fais bien mes amies toi je te signale. Phileas ronchonna.

— Tu te les tapes aussi non ? rétorqua-t-il.

— T'inquiète, je sais que ta fierté de mâle ne le supporterait pas.

— Bla-bla-bla…

— De toute façon je m'en moque, j'avoue que je suis plus attirée par les filles, déclara Adélaïde. C'est dingue mais si je ne t'avais pas, j'irais voir exclusivement des femmes, je pense. Faire ça avec ces deux agents m'a un peu refroidi. J'ai l'impression que je ne tire plus aucun plaisir à le faire avec des garçons.

— Ça me fait plaisir d'entendre ça ! sembla légèrement contrarié Phileas.

— Oh chéri, ne te sens pas menacé, je t'aime trop pour te quitter tu le sais, même si t'es un mec… et puis toi c'est différent.

— Encore heureux…

Adélaïde se blottit plus encore dans ses bras, et profita d'être encore réveillée pour le questionner à propos de *double-zéro huit*.

— Memphis a dit quelque chose ?

— Rien de particulier, il a juste dit qu'il avait dû être balancé par un de ses indics.

— Il faudra qu'il nous fasse un portrait-robot des hommes qui sont venus le voir.

— Bonne idée.

— Et rassure-toi quand même, je ne coucherai jamais avec tes amis, car ils ne verraient jamais cela comme nous.

— Merci.

— File-moi mon téléphone.

— Hein ? redressa la tête Phileas.

— File-le-moi s'il te plait.

Phileas se pencha par-dessus elle et prit son téléphone sur sa table de chevet pour le lui donner.

— Tu sais qu'il était plus près de toi ?

— M'en fous… je sauve ton coup, là.

Émergeant avec difficulté, les yeux immédiatement fatigués par la lumière de l'écran, elle rédigea rapidement un message à Corie.

« Écoutez, je vais vous parler de femme à femme. Je me suis servi de vous, et vous avez le droit de m'en vouloir. Je vous ai fait du mal et je m'en excuse, sincèrement, mais sachez une chose, je sais ce que c'est de se sentir bafouée. Je comprends que vous soyez déçue et triste qu'il ait couché avec d'autres filles… »

— Tu lui as dit que tu avais couché avec d'autres filles hein ? lui demanda-t-elle.

— Oui, répondit Phileas.

— Parfait… pas que je fasse une boulette.

Adélaïde reprit sa rédaction.

« … et je sais ce que ça fait d'accepter de faire quelque chose de mal pour un garçon qui vous plait. Je veux dire, Phileas est intelligent, mais il ne comprend pas que vous avez fait un sacrifice pour lui ! Il vous plaisait et vous avez pris sur vous, parce que c'était lui, de tromper l'homme

auquel vous tenez, et vous devrez vivre avec ça... alors, sachez juste que je comprends que vous vous sentiez trahie. Vous aimez votre copain et vous avez trahi la confiance qu'il avait en vous pour Phileas, alors j'imagine bien que de savoir que vous n'étiez pas la seule vous a chamboulée. Mais c'était un jeu, auquel on jouait tous les deux, et cela s'est fait... Maintenant, sachez qu'aussi bien lui que moi, on tient à vous, et on tenait à le faire avec vous... je regrette juste de m'être comportée de façon si immature et d'avoir usé de ma position pour abuser de vous... Je suis désolée Corie. »

— Voilà, c'est envoyé.

Elle lui tendit son téléphone pour qu'il lise son message et replongea sa tête dans l'oreiller.

— Tu plaisantes ? Tu me fais passer pour un gros beubeu.

— Phileas, si tu tiens à ce que nos relations s'améliorent, je te conseille de la fermer et de laisser faire ta femme. Maintenant on dort…

Phileas posa le téléphone à côté du sien et la prit dans ses bras.

— Tu sais que n'importe quelle femme sensée ne ferait pas ça ? déclara-t-il sincèrement, presque songeur.

— J'ai été Reine au Club des Damnés, je suis libre et bisexuelle… Je ne pense pas que n'importe quelle femme voit les choses telles que j'ai appris à les voir. Et puis je suis désolée, mais on m'a enlevé mes enfants, alors je compense comme je veux.

— Je sais chérie, je sais…

Phileas lui fit un bisou sur la joue et tâcha de s'endormir.

IV

— Bonjour agent *double-zéro huit*, s'exclama *M*.

— Bonjour madame, heureux de vous rencontrer, répondit Isaac.

Adélaïde le regarda à travers ses lunettes à la monture noire et ouvrit le dossier devant elle.

— Nous n'avons pas encore eu l'honneur de nous rencontrer en personne en effet, mais je tenais à vous féliciter pour ces vingt-six mois passés en immersion. J'apprécie grandement le travail que vous avez fait, et je dois dire que vos informations nous furent très précieuses.

— Merci madame.

Phileas regarda sa femme et son ami se faire face, non sans une pointe d'humour. Installé aux côtés de sa chère et tendre, il avait à sa gauche Benjamin Johns, chef de la section de recherche, tandis qu'Adélaïde avait à sa droite Daniels, son assistant, qui supervisait l'enregistrement de l'entretien par une caméra. Isaac qui était ici interrogé était quant à lui assis en face d'eux, de l'autre côté de la table de conférence.

— Si vous êtes ici, c'est parce que l'*Organisation* a découvert votre appartenance au *Service* ? C'est bien cela ? demanda *M*.

— Oui madame, il y a de cela quatre jours, trois hommes se sont présentés à mon lieu de vie et y ont fait irruption, armés de pistolets munis de silencieux. Ils m'ont alors simplement tendu l'enveloppe contenant la photo de vos enfants.

Adélaïde fronça un sourcil et sortant son stylo, nota une remarque sur son rapport.

— C'est tout ? Aucune menace, aucune déclaration ? demanda-t-elle en relevant la tête vers lui.

— Non aucune, ils ont juste dit qu'ils allaient bien, et puis sont repartis.

— Pourquoi pensez-vous qu'ils vous ont épargné ? l'interrogea *M.*

— Pour deux raisons, la première, me faire passer un message, la seconde, pour vous faire passer un message.

— C'est à dire ?

Isaac racla sa gorge et la regarda dans le blanc des yeux.

— Et bien que j'étais découvert tout d'abord, et donc que mon travail d'infiltration était démasqué, et ensuite pour vous signifier l'état de santé de vos enfants, qu'ils avaient tenu leur promesse de les garder en vie.

Adélaïde l'observa en détail, puis retira ses lunettes. Après quelques instants, elle reprit alors.

— Je suppose bien que ce débriefing peut vous paraître étrange, mais comprenez-moi bien, vous réapparaissez comme ça, vivant, et nous savons pertinemment que l'*Organisation* n'est pas du genre à laisser des témoins, ou des membres du *Service* en vie.

— Je le sais, avoua Isaac, et j'en suis tout autant étonné que vous.

— Avez-vous dernièrement enquêté sur des événements ou découvert des informations qui permettraient de remonter une filière de D.N.C[2] ou de retrouver certains de ses membres ?

— Non, je travaillais depuis trois semaines à obtenir un poste au sein d'une organisation appartenant à la mafia pour les infiltrer, hélas sans succès.

— Pourquoi cette organisation en particulier ? demanda Phileas.

— Parce qu'elle dirige le réseau de prostitution de Moscou. Le but était pour moi par ce biais de découvrir quels hauts fonctionnaires étaient mêlés à la pègre et ainsi obtenir des moyens de pression me servant à récolter des informations concernant notre ennemi. J'ai hélas été vendu à l'*Organisation*, et je le suppose à la mafia. Ce qui explique mon retour précipité et mon silence radio durant quelque temps.

Adélaïde fut songeuse en entendant ces mots.

— Qu'en est-il de ce réseau de prostitution ?

— Je n'ai pas pu le démanteler si c'est ce que vous demandez, madame, déclara avec franchise Isaac. Je ne disposais pas de ressources ni de connaissances suffisantes pour y arriver.

— D'accord…

Adélaïde nota quelque chose en marge du rapport d'Isaac sur les événements, puis regarda Phileas et Johns. Voyant leurs regards approbateurs, elle se permit d'émettre son jugement.

— Bien, je vous déclare donc cet entretien terminé mais tenez-vous à disposition pour un éventuel nouveau débriefing. Veuillez transmettre à Johns tous vos dossiers, et vous vous chargerez ensuite d'encadrer l'agent *double-*

____

[2] L'autre nom de l'*Organisation*.

zéro seize et de lui transmettre toutes vos données et vos contacts. Après cela vous aurez une permission de trois semaines avant de vous voir attribuer une nouvelle affectation.

— Merci *M*.

Sur ces mots, ils se levèrent et Adélaïde lui serra la main. Accompagnée de Daniels et de sa caméra, elle quitta alors la pièce et se rendit à son bureau. Phileas, Isaac et Benjamin Johns restés seuls discutèrent alors en toute cordialité.

— Voici donc *M*, déclara Isaac en la regardant s'en aller.

— Oui, en effet, avoua Johns.

— Elle s'en sort très bien, lui accorda Phileas. Elle est parfaite pour le job.

— Elle ne laisse rien au hasard en tout cas, j'ai eu l'impression de voir *D* à mon retour de Washington, totalement impitoyable, s'exclama *double-zéro huit*.

Les trois agents n'évoquèrent pas à ce moment précis qu'elle était la femme de Phileas et lui témoignèrent le respect qu'elle méritait. Elle savait s'y prendre, et Phileas qui la connaissait sous un autre jour fut totalement glacé à l'idée de ce qu'elle était professionnellement devenue. Jusqu'à présent elle lui avait semblé plus une femme d'affaires qu'autre chose, mais là… elle lui était apparue pour la première fois comme leur cheffe.

— En tout cas si je puis me permettre, elle s'habille bien plus élégamment que *D*, se risqua à dire Isaac.

Phileas le lui concéda d'un clin d'œil, et les laissant là, sortit de la salle pour retourner auprès de son épouse. Il fallait avouer que sa jupe noire de tailleur et son chemisier blanc lui allaient comme un gant. Sans compter ses cheveux, qui étaient attachés d'une façon somptueuse. Il n'y avait rien à dire, elle dégageait quelque chose… Phileas s'étonna de cela. Il ne l'avait jamais vue aussi… il ne savait pas, elle était vraiment devenue *M*. Et cela lui plaisait. Cela lui donnait envie.

Quelques minutes plus tard, *M* était dans son office, penchée sur son bureau la jupe relevée, Phileas la prenant sans ménagement en levrette.

— Tu te fous de moi ? Tu ne m'avais jamais prise au sérieux ? lui demanda-t-elle entre deux halètements.

— Si, bien sûr que si, répondit-il, mais là je t'ai trouvée différente, tu étais vraiment la patronne !

Phileas la tenait par les hanches et lui donna de puissants coups de reins entre les cuisses.

— Bon sang, tu es dur ! s'écria-t-elle, allégrement malmenée pour son plus grand plaisir.

— Et je ne vais pas me retenir !

Adélaïde poussa de petits cris, appréciant largement ses va-et-vient.

— N'éjacule pas en moi, je ne peux pas me permettre de me salir aujourd'hui, je n'ai pas de rechange.

— Tu abuses !

Phileas regretta de ne pas pouvoir se lâcher en elle, mais comme elle ne mettait jamais de sous-vêtements sous ses jupes, en effet il ne fallait pas qu'elle la tache si elle n'avait pas de quoi se changer.

— Oh bon sang, ça fait du bien, retiens-toi un peu, que je jouisse, s'exclama-t-elle.

Les cheveux détachés, les bras sur le bureau, elle se laissa durement prendre en espérant atteindre l'orgasme, mais Phileas ne put, ou ne voulut pas se retenir trop longtemps. Se retirant, il la mit à genoux et la lui plaça en bouche. Adélaïde frustrée se laissa faire et avala son sperme tout en lui suçotant la verge, mais elle aurait largement préféré qu'il attende son plaisir à elle. Toujours à genoux, elle s'essuya le coin des lèvres avant de lui exprimer son mécontentement.

— Tu saoules, je n'ai pas eu d'orgasme moi. Je suis sur ma faim maintenant, sale égoïste.

Phileas sourit et la maintenant par la tête, la rapprocha de nouveau de son bas-ventre pour qu'elle continue à le lécher.

— Tu abuses !

— Si tu avais eu de quoi te changer, tu l'aurais eu ton orgasme. Tu viens manger ?

— Si tu avais eu ton envie dans la chambre, j'aurais pu immédiatement aller sous la douche. Et non, je n'ai pas le temps.

Adélaïde lui lécha encore quelques dizaines de secondes le sexe avant de décider d'en terminer et de se relever. Se réinstallant à son bureau, elle espéra alors pouvoir rattraper son retard.

— Je me ferais pardonner ce soir, promit Phileas en lui faisant un bisou dans le cou.

— Tu as intérêt, parce que j'ai envie de jouir et que je n'ai pas le temps d'aller me soulager.

Phileas sourit en quittant son bureau.

— Promis.

Soulagé de son besoin, Phileas se rendit à la cafétéria pour déjeuner. Prenant un plateau, il se servit au self et s'installa seul à une table, quand il reçut un SMS d'Adélaïde.

« Au fait, elle m'avait répondu : merci madame. C'est juste que... je pensais être spéciale à ses yeux. »

Phileas esquissa un sourire en mangeant son entrée.

« Intéressant. Tu as répondu quelque chose ? » rédigea-t-il.

« Oui "Vous êtes spéciale, vous n'avez pas idée du nombre de fois où il parlait de vous au lit, vous étiez son fantasme ! Il m'a même plusieurs fois appelé par votre prénom !" »
Phileas ricana.
« Menteuse ! »
« :P »
L'homme du club reposa son portable et termina de manger son entrée. Il commençait son entrecôte et ses frites quand il vit Céline arriver. Comme il était seul, une fois servie, elle s'installa avec son plateau en face de lui.
— Alors beau brun, ça va ?
Phileas regarda sa collègue avec humour.
— *Double-zéro neuf,* quelle familiarité !
— Vous pouvez parler *double-zéro six* !
La jeune femme piqua une de ses frites, qu'elle croqua, puis commença à manger.
— Je pensais être le seul à manger à 15h, avoua Phileas.
— Et pourtant…
Phileas regarda sa partenaire. Les cheveux châtains clairs et longs, le visage fin parsemé de taches de rousseur et les yeux d'un bleu très clair, elle était une très belle femme. Et en homme très veinard qu'il était, il avait eu le privilège de voir ses magnifiques et généreux seins à ce moment bien à l'abri de sa robe peignoir.
— Alors, qu'a dit *huit* ? Je ne l'ai pas encore rencontré, demanda-t-elle en commençant sa salade.
— Rien de particulier, aucune information à nous fournir.
— Au fait, j'ai regardé la photographie, je n'ai pas reconnu le décor, je ne sais pas où cela peut être. Ce n'est ni la maison d'Italie ni aucune des propriétés de mon père que je connais.

— Oui, je m'en doutais, fit Phileas en lorgnant le sillon de sa poitrine.

Il mangea un bout de son entrecôte, l'air de rien, mais Céline l'avait remarqué et le taquina.

— Tu n'es pas très discret, tu sais.

— Il n'y a personne.

— Ce n'est pas très sérieux quand même. Imagine que je sois outrée ?

Les deux agents se sourirent, amusés de cette remarque. Lorsqu'avec Adélaïde ils avaient décidé d'avoir des aventures et de compter les points pour savoir qui aurait le plus de liaisons en un mois, Phileas en avait parlé avec Céline et lui avait demandé si cela l'intéresserait. D'abord réticente elle avait finalement accepté de lui faire une fellation pour l'aider à gagner et elle lui avait donné rendez-vous au garage dans sa voiture. Mais comme au moment fatidique elle avait entendu du bruit, Céline s'était relevée et avait reçu sa semence au visage. Estimant que ce n'était pas ce qui était convenu, il avait truandé et le lendemain ils avaient alors recommencé, au plus grand bonheur de Phileas. Car avec une pointe d'espièglerie cette fois Céline avait mis les bouchées doubles et avait caressé ses seins avec son sexe avant de l'avaler goulument et de tout recevoir dans la gorge. Depuis ce jour, les deux collègues étaient donc très complices et se permettaient des familiarités.

— Ça avance votre jeu ? revint d'ailleurs là-dessus Céline.

— Oui, lentement. D'ailleurs Adélaïde a déclaré que cela ne comptait pas, qu'il fallait qu'on couche ensemble pour faire un point.

— Tu mens ! s'amusa Céline en lui donnant une tape.

— Bien sûr que non !

— Je suis sûr que si !

Elle termina sa salade en souriant et passa à son plat principal, un filet de poisson à la crème avec du riz.

— Tu ne m'auras pas en tout cas, c'est non ! Je t'ai déjà fait deux pipes, c'est largement suffisant.

— Oh, allez !

Céline pouffa.

— Vous êtes bizarres tous les deux quand même, vous le savez ?

Phileas haussa les épaules en mangeant des frites.

— On est libre. On est tous les deux sex-addicts et on a besoin d'aventures.

— Ouais mais vous êtes mariés et amoureux. Cela devrait suffire.

— Oui, mais on a tellement tout fait trop vite et on adore tellement ça qu'on a constamment besoin de plus.

— Ah, je vois…

Céline lui piqua une autre frite et la mangea en souriant.

— Et toi ? Les amours ?

— Bah rien en particulier, mais je ne cherche pas plus que ça. Je prends ce qui vient.

— D'accord.

Les deux agents continuèrent à manger tout en échangeant des banalités, puis lorsqu'ils eurent fini, déposèrent leurs plateaux et sortirent de la cafétéria. Prenant l'ascenseur pour retourner à l'étage de leurs bureaux, ils se retrouvèrent seuls à l'intérieur, quand Céline joua nerveusement dans ses cheveux et le regarda en biais.

— Tu me promets qu'elle a dit que ça ne comptait pas ? demanda-t-elle.

Phileas sembla étonné et la fixa dans le blanc des yeux.

— Oui, elle a dit que ça ne comptait pas.

Céline approuva de la tête et appuya soudainement sur le bouton d'arrêt. Comprenant le message Phileas s'avança vers elle et l'embrassa fougueusement.

— Il va falloir faire vite, expliqua-t-elle entre deux baisers passionnés en l'enlaçant.

— Je suis d'accord.

Sans détour, tout en continuant à l'embrasser, Phileas passa une main entre les pans de sa robe pour lui caresser énergétiquement les seins. Puis comme possédé, frénétique, il s'activa. La plaquant contre le miroir, il abaissa sa culotte jusqu'à ses genoux et la masturba allégrement.

— Ça, c'est pour mon salaud de père, lâcha-t-elle en sentant ses doigts bien au fond d'elle.

Phileas sourit en entendant ces mots, puis sortant son sexe, la retourna et la pénétra violemment. Le visage collé contre la paroi, les seins dévêtus et plaqués contre le miroir, elle le sentit alors s'immiscer en elle et souffla de soulagement avant de pousser de petits cris de satisfaction.

— Bon sang, tu sais y faire…

Phileas l'embrassa dans le cou tout en lui pelotant les seins puis la reprit par les hanches et lui donna de grands coups. Se redressant sur ses avant-bras pour se décoller du miroir, Céline regarda leur reflet et sourit de complaisance.

— J'espère vraiment que tu le sauras papa, qu'il m'a défoncée comme une chienne, cet homme que tu as osé défier, murmura-t-elle en passant ses mains derrière sa nuque.

*

Cinq minutes plus tard, les portes de l'ascenseur s'ouvrirent au sixième étage. La culotte trempée de cyprine et de sperme, Céline se rendit à son bureau. Toute sourire, encore euphorique elle réajusta épanouie ses cheveux débraillés et salua les agents sur son passage. Phileas lui prit l'autre direction et se rendit au sien. Passant devant Corie, à qui il adressa un sourire, il s'installa à son ordinateur et se sentant enfin l'esprit tranquille, s'attela à la mise à jour de ses rapports.

« Vous allez bien ? » lui demanda la jeune femme par SMS.

« Oui, très », répondit-il.

*

— Attends, tu as dit à Céline que j'avais dit que ça ne comptait pas ? T'es un enfoiré, tu le sais ça ?

Adélaïde ricana en regardant les maisons défiler par la fenêtre.

— Bah, en tout cas je peux t'assurer que cela en valait la peine, elle a même dit quand je l'ai doigtée *« Ça c'est pour mon salaud de père »* !

— Haha, énorme ! Je te l'accorde va, tu as trois points, et je n'en ai qu'un.

— Bah non, tu en as trois aussi, même si ça a été un fiasco, tu as eu des rapports avec deux mecs en plus de Corie. Ça fait donc trois !

— Ah d'accord, du coup les préliminaires comptent ?

— Ben oui, c'est juste pour Céline que ça ne comptait pas, rigola Phileas.

Les deux époux s'amusèrent de cette blague, et tout en rentrant chez eux, apprécièrent d'être ensemble.

— Je t'aime, tu sais ?

— Oui, moi aussi, s'exclama Phileas.

L'ex-Reine posa sa tête sur ses épaules et prenant sa main posée entre ses cuisses, la serra fort.

— On mange quoi ce soir ?

— Je ne sais pas, tu veux aller au restaurant ?

— Ah oui, pourquoi pas, cela fait longtemps, se redressa Adélaïde.

— Parfait alors, je vais appeler en rentrant.

Les deux tourtereaux s'embrassèrent rapidement et Phileas se reconcentra sur la route. Ils arrivèrent chez eux vers 19h15. Adélaïde prit une douche et Phileas promena le chien tout en appelant *le cinq étoiles*. Une fois qu'il fut rentré, ils s'habillèrent alors élégamment et partirent. Adélaïde portait une petite robe noire près du corps et Phileas avait mis un smoking. Bien habillés, et dans le cas d'Adélaïde superbement bien maquillée et coiffée, ils s'installèrent alors à une table du meilleur restaurant de la ville et mangèrent en amoureux. La soirée passa rapidement, bien arrosée et bien détendue. Puis après un copieux repas de foie gras, de magret de canard, et de brownies accompagnés de crème anglaise, ils rentrèrent chez eux pour onze heures et après une dernière balade du chien, ils firent l'amour pour conclure leur soirée en beauté. Après le décès de leurs amies, la vie avait repris son cours.

V

Le Caire, Égypte. 21h40.

Déjà ivre, le professeur Rembrandt Smith rentra chez lui. Ou tout du moins, il fut escorté chez lui. Sortant du taxi, il prit une bonne bouffée d'air frais et tandis que la jeune demoiselle paya la course, avec l'argent du professeur, il s'avança dans la rue et but une gorgée à sa bouteille de champagne.

— Je vais devenir célèbre miss ! Tu n'as pas idée ! lui lança-t-il.

La jeune demoiselle referma la porte, le rattrapa malgré ses talons, et s'accrocha comme une sangsue à son bras.

— Dites-m'en plus, lui demanda-t-elle curieuse, le regard et le sourire intéressés.

— Et bien il y a tout cet or, et toute cette histoire qu'on va révéler. Cela va faire son petit bruit dans notre milieu, et alors il y aura la presse ! Tout un pan de l'histoire va être redécouvert !

— Mmmh, il me tarde d'y être ! s'exclama la jeune brune enjouée.

Amusé, le vieux professeur l'embrassa goulument, sa grosse bouche aspirant celle de la jeune femme avec l'élégance d'une ventouse. Mais la demoiselle s'en accommoda sans plainte. Elle était là pour la notoriété, la gloire et l'argent. C'était une profiteuse, une fille aussi superficielle et attirée par ce genre d'hommes qu'il était une proie facile. Mais le professeur Rembrandt Smith était un homme à femmes. Qu'il ait des œillères ou qu'il soit pleinement conscient de son objectif, dès qu'une jeune femme un tant soit peu jolie se présentait à lui, il sautait sur l'occasion. C'est ainsi qu'après avoir clamé haut et fort dans son bar préféré qu'il allait devenir célèbre et riche, cette jeune, et belle Égyptienne était apparue. Et ils étaient donc là, déambulant dans l'entrée de son immeuble puis poirotant devant chez lui en attendant qu'il ait fini d'érafler la serrure et réussi à y rentrer sa clé.

— L'expédition Dumont Mehmet, plus prestigieuse que celle de Suzanne Bickel et Elena Grothe ! s'exclama encore Smith en ouvrant son appartement, perdu dans ses rêveries. Pas que des babioles, de l'or, des pierres précieuses…

Entrant à l'intérieur de chez lui, il referma après que la jeune femme eut passé la porte et se dirigea le goulot de son champagne à la bouche vers le salon. Il se complaisait à s'imaginer devenir aussi célèbre que l'était Carter. Ils avaient trouvé un pharaon inconnu. Non, mieux, ils avaient certainement trouvé la riche tombe de Ramsès VIII ! Il fallait avouer que cela en mettrait plein la vue !

— Vous m'offrez un verre ? demanda la jeune femme hésitante.

— Yep ! balbutia le vieil homme.

Se rendant jusqu'à la cuisine, il prit une flûte dans un placard et lui servit un peu de son champagne. Puis trinquant, il fit tinter la bouteille contre le cristal et en avala le reste. Rempli, il la posa ensuite sur la table et se rendit aux toilettes pour se soulager.

— Attends-moi ici ma jolie, je reviens tout de suite !

La demoiselle hocha de la tête, mais fut tout de même quelque peu mal à l'aise de la situation dans laquelle elle s'était mise. Suivre un parfait inconnu chez lui n'était pas une si riche idée, pensa-t-elle soudain. D'autant qu'il n'était pas d'une élégance des plus raffinées. Il avait certes un certain charme malgré son ventre enrobé mais plus elle le côtoyait, plus elle découvrait ses manières de rustre. Alors son attitude était peut-être due à l'alcool, mais tout de même, elle se posa la question de sa présence ici. Curieuse et cherchant donc à tromper son mal-être, elle se mit à explorer les lieux en attendant qu'il ait fini. Elle regarda son diplôme en égyptologie accroché au mur et les photographies de plusieurs expéditions, intéressée, quand elle entendit soudain un cri qui lui glaça le sang. Effrayée, elle ouvrit son sac et en sortit une bombe au poivre.

— Ça va professeur ? demanda-t-elle apeurée. Tout se passe bien ?

Ne recevant aucune réponse, elle se rendit alerte jusqu'aux w.c. en regardant autour d'elle et toqua à la porte.

— Tout va bien ? Que se passe-t-il ? redemanda-t-elle.

La jeune femme essaya d'ouvrir la porte, mais celle-ci était bloquée. Elle tira sur la clenche, mais rien n'y fit.

— Professeur ?

Elle s'agita encore, puis ayant le bon réflexe, sortit son téléphone de sa poche et appela les pompiers. Mais cette intelligente initiative ne changerait hélas rien. À l'intérieur des toilettes, le professeur Rembrandt Smith n'avait pas fait un malaise. Le visage prostré de terreur dans une position peu flatteuse et la jambe couverte d'urine, il gisait sans vie, emporté lors d'un instant qui n'était pas à son avantage. On lui avait ôté la vie et sa dignité par la même.

VI

Le portable de Phileas sonna sur la table de nuit comme un marteau piqueur. L'homme du club vociféra, réveillé en sursaut, mais ce ne fut rien à côté de la réaction de sa femme.

— Si tu ne l'éteins pas tout de suite, je te tue, grogna-t-elle. Phileas grommela plus encore et attrapa son téléphone tant bien que mal. Se frottant les yeux, il regarda l'écran.

— C'est Rupert, déclara-t-il.

Il décrocha et se rallongea sur le dos. Nue à ses côtés, Adélaïde pesta et tira les draps pour recouvrir ses fesses et son dos.

— Oui ? demanda-t-il.

— « *Phileas ? Désolé de te déranger, mais cela fait depuis ce midi que l'on n'a pas vu ton père.* »

— Comment ça ? s'étonna l'agent.

— « *Il a reçu un coup de fil qui lui a été transféré au club par la procédure habituelle, et une fois qu'il l'a pris, il est parti de la cathédrale. Depuis on n'a plus aucune nouvelle.* »

— Vous avez essayé son portable ? Son fixe ? fut suspicieux le jeune homme.

— « *Oui, on est même passé chez lui mais il n'y est pas, et sa voiture non plus.* »

Phileas se redressa, inquiet.

— Et il n'a pas dit où il allait ?

— « Il ne nous a même pas annoncé qu'il partait Phileas !
On a remarqué son absence au bout de plusieurs heures.
Écoute, cela ne lui ressemble pas, on s'inquiète ! »
Phileas se redressa et alluma sa lampe de chevet.

— Je vais chez lui, que quelqu'un m'y rejoigne !
Phileas raccrocha et se retourna vers Adélaïde. Mais son ton
avait parlé de lui-même. Déjà redressée, elle attendait qu'il
lui explique la situation.

— Mon père a disparu !
Sans un mot, ils se levèrent de concert et partirent prendre
une douche rapide. Puis s'habillant ils prirent le 4X4 et se
rendirent à tombeau ouvert chez Alfred. Winston et Tibérius
les y attendaient devant le portail de la cour et s'avancèrent
à leur rencontre dès qu'ils sortirent de voiture.

— Il a pris ses vêtements civils et sa voiture chez Basile
dans l'après-midi. On n'a aucune idée d'à quelle heure.
Tout ce qu'on sait c'est que c'était entre le moment du coup
de fil à 12h50 et 16h, moment où Hector remarqua que sa
voiture n'était plus dans la cour de chez Basile.
Phileas regarda vers la bâtisse.

— Quelqu'un a ses clés ? demanda-t-il.

— C'est déjà ouvert !
L'homme du club approuva et rentrant à l'intérieur,
commença à regarder dans toutes les pièces, inspectant les
lieux par réflexe pour chercher son père. Puis il se dirigea
au fond dans son bureau vers son vieux secrétaire et
l'ouvrit.

— Ses papiers ne sont plus là, ni passeport, ni cartes de
crédit, ni faux documents, fouilla-t-il.
Phileas sembla de plus en plus inquiet et monta les marches
quatre à quatre pour aller voir dans sa chambre. Soulevant

alors ses couettes, il regarda sous le lit et en sortit un carton de chaussure qu'il ouvrit.

— Son revolver n'est plus là…

Il leva les yeux vers sa femme et ses deux Cavaliers.

— Chérie, appelle le *Service*, il se passe quelque chose.

Adélaïde acquiesça de la tête et saisissant son téléphone, sortit dans le couloir et appela son assistant.

— Est-ce qu'il a dit quelque chose en particulier ? La voix au téléphone, elle était masculine, féminine ? Semblait-elle inquiète, menaçante ?

— Non, non, fit Rupert, c'est moi qui ai répondu. C'était une voix d'homme calme, vraisemblablement âgé.

— On va devoir faire une recherche et obtenir un relevé téléphonique, chérie, demande à ce que Johns nous procure ça ! Qu'il lance aussi une recherche sur sa voiture et son signalement. Police, morgues, hôpitaux.

Rupert s'avança vers le maître du Club des Damnés et le regarda avec inquiétude.

— Phileas, ton père n'a jamais agi comme ça, il nous a toujours tenus au courant de chacun de ses faits et gestes ! déclara-t-il paniqué.

— Je sais Rupert, je sais. Quelque chose cloche.

— Doit-on repasser le Club en alerte ? demanda Winston.

— Non, s'exclama Phileas, cela concerne forcément sa vie privée, sûrement du temps où il était agent de la DGSE.

— Qu'est-ce qui te fait dire ça ? l'interrogea le Cavalier peu tranquille.

— Si cela avait à voir avec le club, il aurait laissé un indice. Mon père et moi avons défini des codes pour toutes situations possibles. Là il n'y a rien, il est parti sans prévenir ce qui laisse supposer quelque chose d'urgent, mais surtout qu'il ne tient pas à partager cela avec nous, ce qui est très inquiétant !

Phileas descendit les escaliers sur les talons d'Adélaïde. Il prit son téléphone et appela Corie.

— Désolé de vous réveiller Corie, mais j'ai une urgence, j'ai besoin de vous au bureau immédiatement.

— *« J'arrive, monsieur. »*

— Bien, merci.

Il s'arrêta en bas des escaliers et sembla mal à l'aise.

— Vous m'excuserez auprès de votre petit ami, rajouta-t-il.

— *« Oui… laissez-moi une demi-heure. »*

— Merci.

Phileas raccrocha, prit le répertoire téléphonique qu'il vit près du téléphone et retourna dehors dans la nuit noire.

— Je veux que trois Cavaliers restent en poste ici et que vous ne laissiez rien transparaître au Club, je veux que chaque détail, chaque fait suspect des derniers jours dans son comportement me soit consigné, vous connaissez la procédure, rameutez tous les Cavaliers ! ordonna-t-il à ses deux comparses.

— Bien ! C'est entendu !

— Et concernant ta fille ? On s'en occupe ou tu t'en occupes ? demanda Winston.

Phileas s'installa au volant et ouvrit la fenêtre.

— Je gère Wanda, déclara-t-il.

Le Service.

Les portes de l'ascenseur s'ouvrirent et Adélaïde et Phileas en sortirent d'un pas pressé.

— Tout était parfaitement en ordre, ce qui sous-entend qu'il n'y a pas eu d'altercation chez lui, déclara celui-ci à sa femme.

— C'est une bonne chose !

Benjamin Johns arriva à leur rencontre.

— Qu'est-ce qu'on a ? lui demanda Phileas.

— Rien correspondant à son signalement au niveau de la police, de la gendarmerie, des morgues et des hôpitaux, répondit-t-il.

— Ses cartes de crédit ?

— Non utilisées pour l'instant, mais il a fait un retrait de cinq-mille euros il y a de cela treize heures au guichet de la banque près de chez lui.

Adélaïde regarda sa montre.

— Vers quatorze heures donc ?

— Oui, approuva Johns.

— On a essayé les aéroports ? On a son nom sur les listes des départs ?

— On a checké Paris, Luxembourg, Munich, l'aéroport lorrain… Rien à son nom.

Phileas regarda sa femme et son ami.

— Il était de la DGSE, il sait comment faire pour ne pas se faire repérer. Il a des faux papiers, de l'argent liquide… Notre seule piste c'est ce coup de téléphone.

Johns le regarda avec une pointe d'appréhension et lui tendit la feuille qu'il avait dans les mains.

— L'appel provient d'une cabine téléphonique, à Sienne en Italie.

— Quoi ? s'étonna Adélaïde en regardant le document.

— On a vérifié trois fois.

Phileas tenta de réfléchir à toute vitesse.

— Tous les documents concernant papa ne sont pas disponibles en ligne, la DGSE n'en a aucune trace numérique…

— Tu penses à quoi ? l'interrogea Adélaïde.

— Il faut qu'on retourne chez lui, dans sa propriété du sud. Tous ses vieux dossiers y sont, on en apprendra peut-être plus. Ses anciens contacts, leurs localisations…

— Bien, je vais me préparer alors, déclara Adélaïde en retournant vers l'ascenseur.

— Quoi ? s'exclama surpris Phileas.

— Il est hors de question que tu y ailles sans moi, alors je vais voir Daniels pour qu'il prenne des dispositions !

Phileas acquiesça, plus par dépit que par approbation, et se rendit vers son bureau.

— Tenez-moi au courant Johns ! fit-il en lui tapant sur l'épaule.

— Bien entendu.

Fonçant jusqu'à son office, il ouvrit la porte et tomba sur Corie.

— Bonsoir monsieur, qu'y a-t-il ?

— Corie, mon père a disparu ! lui expliqua-t-il.

— Mon Dieu, sait-on pourquoi ? demanda-t-elle affolé.

— Non, pas du tout ! Avec *M* nous allons partir pour Perpignan afin de fouiller dans ses vieux dossiers pour trouver des informations.

— Que voulez-vous que je fasse ?

— J'ai besoin que vous vous occupiez de tous les rapports que j'ai en attente et que vous preniez le téléphone pour contacter tous les contacts de ce répertoire téléphonique qui ne sont pas des Cavaliers ou des Reines.

— Bien entendu, s'exclama la jeune femme. Souhaitez-vous que je vienne avec vous ?

— Comment ça ? se surprit Phileas.

— Pour vous transmettre les informations en temps réel. Et puis une secrétaire ne serait pas de mal pour vous aider à compulser les dossiers de votre père, vu son historique, il doit en avoir des centaines.

Phileas réfléchit au quart de tour.

— Prenez ce dont vous avez besoin, nous partons dans quinze minutes.

— D'accord, se hâta-t-elle.

— Laissez le répertoire téléphonique du coup, lui ordonna-t-il, la section de recherche s'en occupera !

Un quart d'heure plus tard, Phileas, Adélaïde et Corie montèrent dans leur 4X4 et partirent en direction de Perpignan. Phileas roulait, songeur. Son père avait disparu, mais il le connaissait assez pour savoir qu'il ne faisait jamais rien d'irréfléchi. Alors s'il avait décidé de prendre le large, il ne pouvait y avoir qu'une seule raison. C'était en rapport avec sa mère ou une histoire qu'il ne voulait pas qu'il apprenne.

— Tu penses à quoi ? lui demanda Adélaïde.

— À ma mère… je connais assez mon père pour savoir que s'il est parti en laissant tout en plan, c'est qu'il ne veut ni notre aide, ni notre soutien, et encore moins notre présence. Les Cavaliers et les Reines sont une famille pour lui, et je suis son fils… Alors s'il nous tient à l'écart, c'est qu'il veut agir seul. Et la seule chose pour laquelle il chercherait à agir seul, c'est concernant…

— Ta mère ? le coupa Adélaïde.

— Ou une vieille affaire, supposa Phileas.

— Au moins il n'a pas été enlevé, c'est déjà ça, s'exclama Corie mal à l'aise.

Phileas tourna la tête vers elle.

— Oui… c’est déjà ça.

L’homme du Club mit la main sur la cuisse de sa femme et continua à conduire. Ils étaient partis à la va-vite. Il portait un simple tee-shirt et un sweat avec un jeans, Adélaïde une veste en cuir sur un chemisier et un pantalon de tailleur, et Corie un sweat à capuche et un jeans. Tous trois s’étaient habillés rapidement, sans prévoir le coup, pressés par une situation les prenant au dépourvu. Ils ne sauraient dire si l’heure était grave, mais ils étaient inquiets, tiraillés par une disparition aussi incongrue que surprenante. La situation était préoccupante. Mais ils étaient préparés. Ils avaient de l’argent, des armes, des affaires de rechange… Ils avaient l’habitude.

VII

Le Caire, Égypte.

Alfred ventila son visage avec son journal. Il faisait chaud, le ciel était sans nuages, et l'atmosphère était lourde. Il n'avait plus l'habitude de ces chaleurs tropicales. Portant une chemise beige à manches courtes, un pantacourt, des savates et un chapeau de paille, il donnait d'ailleurs l'impression d'être un touriste lambda dépassé par le climat local. Mais Alfred était bien plus que cela. Il était un espion à la retraite mais qui avait encore bien des tours dans son sac. Scrutant en coin le bar en face de lui il observa une jeune femme installée en terrasse. Puis il la prit en photo avec le téléphone portable qu'il avait subtilisé à son fils. Lançant ensuite le logiciel de reconnaissance faciale, il vérifia qu'il s'agissait bien de Della Dumont, fille de son ancien collègue. C'était bien le cas, la jeune femme était bien son contact. Alfred se dérida alors, ses doutes dissipés, puis il rangea le portable dans sa poche et traversa la rue pour aller la saluer.

— Bonjour mademoiselle Dumont ! s'exclama-t-il en lui tendant la main.

— Euh, bonjour, se surprit la jeune femme en se redressant. Elle lui serra la main et l'invita à s'assoir.

— Vous prendrez quelque chose ? demanda-t-elle en se réinstallant.

— Oui, un thé glacé.

La jeune fille acquiesça, fit signe au serveur et passa sa commande en égyptien. Puis elle regarda circonspect le vieil homme.

— Vous étiez un collègue de mon père si j'ai bien cru comprendre ?

— En effet oui, toutes mes condoléances d'ailleurs. Votre père était un homme que j'appréciais beaucoup, je compatis à votre deuil.

— Merci…

La jeune femme regarda dans son verre, perdue dans ses idées, endeuillée. Le serveur apporta la boisson d'Alfred, qui l'en remercia.

— Désolée pour cette invitation précipitée, concéda-t-elle, mais j'ai été prise de court.

— Oui, j'avoue être quelque peu surpris de ce rendez-vous arrangé à la va-vite, confessa Alfred en buvant une gorgée. Je ne m'y attendais pas.

— Oui, j'imagine, déclara la jeune femme. Papa m'a déclaré il y a une semaine que s'il mourait un jour, s'il était assassiné, il fallait que je vous contacte.

— C'est à dire ? l'interrogea Alfred.

— C'est un mystère monsieur, annonça la jeune femme d'une voix décontenancée. Il m'a semblé comme ayant peur pour sa propre vie, comme s'il se sentait menacé. Et il m'a donné la consigne suivante : à l'instant où j'apprendrais sa mort, je devais immédiatement appeler le docteur Thil en Italie pour qu'il vous contacte afin que vous veniez le plus vite possible et que je vous donne des informations qu'il avait récemment découvertes sur une certaine contesse italienne.

Le cœur d'Alfred fit un bon en entendant ces mots de vive voix. Il tenta tant bien que mal de cacher son accélération cardiaque et, pour essayer de ne pas trahir ses émotions, but une gorgée d'une main tremblante.

— Que vous a-t-il dit par rapport à cela ? Vous a-t-il donné des détails ? lui demanda-t-il.

— Non rien. Il ne m'a absolument rien dit. Je suppose qu'il va donc falloir que je vous emmène chez lui pour regarder dans ses papiers.

La jeune fille essuya ses yeux redevenus humides à la pensée de son père et avala un peu de son gin. Alfred quelque peu déçu de ces paroles s'évertua lui à ne pas trahir sa tristesse. Après toutes ces années… Après tout ce temps, il avait peut-être enfin des indices quant à la disparition de Valentina et de ne pas avoir une information concrète sous la main, là, tout de suite, lui martela le cœur. Il en espérait plus.

— Si je puis me permettre, l'interrogea-t-il encore, comment est-il mort ?

La demoiselle releva les yeux vers lui.

— Il est mort assassiné chez lui.

— Assassiné ? Vous en êtes sûre ? reprit le vieux Cavalier, intrigué.

— Oui. La police dit que c'est une crise cardiaque, qu'il est mort de peur, mais je connais mon père, il n'avait aucun problème de santé, et encore moins de cœur. Et ce n'était certainement pas un homme peureux.

Alfred approuva sans rien dire. Dumont, leurs collègues et lui avaient participé à bon nombre de missions pour les services secrets. Son ami était un professionnel, et un dur à cuire. Il avait effectué et réussi des raids derrière les lignes ennemies avec pour seule arme un couteau. Il était d'une trempe unique. Alors même s'il était à la retraite et retourné au civil, jamais Alfred n'aurait cru à une simple crise cardiaque due à la peur. L'aurait-on empoisonné ? De qui aurait-il eu si peur ?

— Avez-vous une idée de qui…

Alfred ne termina pas sa phrase. La jeune femme avait discrètement sombré en larmes. Conciliant, le vieil homme mit une main sur son épaule.

— Je suis désolée, tout ça tombe mal et si soudainement… Je suis désolée.

— Non, ne le soyez pas, ce n'est pas grave. Je comprends parfaitement votre désarroi.

— Bon sang, on venait juste de faire une découverte importante, commença-t-elle, la première depuis des années et tout ça est arrivé si vite.

— Quelle découverte ?

La jeune femme se moucha le nez puis reprit.

— On vient de trouver une tombe d'importance, une tombe unique en son genre sur les hauteurs de la vallée des Rois. Depuis près de quinze jours, on explorait l'hypogée, et papa était persuadé qu'il s'agissait de la tombe de Ramsès VIII. Il disait que ce serait le couronnement de sa carrière.

La jeune femme essuya ses larmes.

— On a soulevé la dalle, et on a commencé à explorer pour répertorier le contenu du tombeau. On était arrivé à la chambre funéraire la veille de sa mort. On l'avait à peine ouverte. On n'était pas allés plus loin, car il avait souhaité revenir sur Le Caire pour traduire le cartouche de la porte du tombeau et régler quelques détails. Il désirait prendre son temps, quitte à découvrir la tombe sur plusieurs mois. Malgré la pression internationale, du musée ou des autres égyptologues, il tenait à faire les choses correctement.

Alfred acquiesça.

— C'est tout à fait Dumont ça, il tient à tout faire parfaitement bien.

— Voilà, c'est ça, ricana nerveusement la jeune femme. Tout devait être réglé comme une horloge.

Alfred but une gorgée de son thé glacé. Il préféra ne pas la brusquer. Malgré son impatience, il désirait ménager la jeune femme. Perdre un être proche était une chose difficile à vivre. Il ne le savait que trop bien. La jeune femme fit toutefois preuve d'un courage étonnant. Buvant son gin d'une traite, elle se leva et le regarda avec détermination.

— Mon père a dit que c'était urgent, venez, allons chez lui. Alfred approuva de la tête, venu pour ça, et descendit sa boisson et paya.

— Je vous suis, mademoiselle.

— Je vous en prie, appelez-moi Della.

Une demi-heure plus tard.

Alfred et la jeune femme arrivèrent devant la demeure de son père, une vieille maison de style colonial de toute beauté. Baignée dans la lumière éclatante du Caire, elle était somptueuse. Blanche, sur trois niveaux avec d'innombrables fenêtres, elle était cernée par un jardin bien entretenu et fourni. C'était une vision digne d'une carte postale. La demeure rappela à Alfred la case qu'il possédait à la Réunion il fut un temps. Ancienne, lumineuse… un endroit où il faisait bon vivre.

— C'est somptueux ! s'exclama le vieil homme en sortant de la voiture.

— Oui, j'avoue, j'ai grandi ici et je dois dire que j'en ai de merveilleux souvenirs, lui révéla Della.

Le vieux Cavalier approuva, se souvenant du moment où Dumont avait quitté l'unité pour rejoindre sa mère, et s'avança à la suite de la demoiselle jusqu'au portail.

— Votre père possède un coffre ?

— Oui, j'ai la combinaison, les fameux documents doivent être à l'intérieur, annonça la jeune femme en ouvrant le jardin et en se dirigeant vers la terrasse.

— A-t-on remarqué des traces d'effraction ou de vol ? demanda-t-il par curiosité.

Della le regarda avec une certaine hésitation.

— Non, aucune, mais je reste persuadée qu'il a été assassiné.

Alfred acquiesça de la tête. Il comprenait la certitude apparente de la jeune femme.

— En 1975 avec votre père on a notamment découvert et mis fin à un empoisonnement de l'eau à l'aide d'un agent chimique qui augmentait la capacité de suggestion par un tiers et la paranoïa. Le gouvernement italien expérimentait un contre vaccin mais c'était inefficace.

— C'est-à-dire ?

— 17 personnes sont mortes à cause de cet additif. Tous morts de peur ou dans des cas extrêmes en s'infligeant des blessures à eux-mêmes, persuadés d'avoir des vers ou des insectes dans le corps par exemple…

La jeune femme eut une mine de dégoût.

— Vous pensez que c'est ce qui aurait pu tuer mon père ?

— Non, avoua très franchement Alfred, mais cela existe en tout cas. Savez-vous si une autopsie sera faite ?

— Oui, aujourd'hui ou demain.

— Bien. Comme ça on aura le cœur net avec les résultats toxicologiques.

La jeune femme ouvrit la double porte de la terrasse et l'invita à entrer.

— Le bureau est au premier étage, lui désigna-t-elle les escaliers.

— D'accord.

Alfred commença à monter les marches tout en admirant la décoration autour de lui. Outre des boiseries, des tapisseries soignées et des photos de famille, il s'émerveilla de voir des trésors d'histoire dans les vitrines disséminées ici et là.

— Celles-ci il les a ramenées du Pérou, ce sont des vestiges d'une chambre funéraire qu'il a découverts dans les années 90, lui indiqua du doigt Della en désignant un crâne, une coiffe et deux bracelets dans le couloir longeant les escaliers au rez-de-chaussée. Et dans la vitrine là, dit-elle en désignant celle juste en haut des marches, cela vient d'une fouille dans des ruines près de Thèbes il y a quinze ans.

— Ces vestiges sont superbes, j'ai toujours adoré son métier, avoua Alfred en s'arrêtant un instant pour admirer des poteries et une statuette de chat datant de trois mille ans.

— Comment vous étiez-vous rencontré ? demanda Della.

— On a travaillé ensemble pour le gouvernement français, on était dans la même unité. C'est comme ça que l'on s'est connus.

— D'accord. Du temps de la DGSE je présume.

— Oui.

Alfred préféra ne pas en dire plus et ils se rendirent jusqu'au bureau. Le regard immédiatement attiré, pris d'émotion, le vieux Cavalier se permit de prendre en main une photo encadrée posée sur la bibliothèque.

— On était bien jeunes à l'époque, déclara-t-il avec nostalgie en se revoyant lui et ses amis rajeunis d'une quarantaine d'années sur le cliché. Je me souviens quand il a rencontré votre mère. On était dans un bar et il n'arrêtait pas de la regarder, elle était installée au comptoir avec son copain. Quand le type est parti aux toilettes, il est allé la voir, lui a parlé en égyptien et lui a dit qu'il était agent secret et qu'il savait garder des secrets… Il lui a simplement donné sa carte.

Alfred regarda Della avec amusement.

— Deux jours plus tard, votre mère a appelé au bureau pour le voir. Après cela ils ont continué à se fréquenter dès qu'il avait une permission jusqu'à ce qu'elle tombe enceinte de vous et qu'il démissionne.

Della eut un sourire à l'écoute de cette histoire.

— Maman et lui s'aimaient beaucoup. Ils étaient fous l'un de l'autre. Je me souviens qu'il nous emmenait toujours avec lui lors de ses fouilles aux quatre coins du monde pour pouvoir nous avoir près de lui et être à ses côtés. C'est quand elle est morte qu'il a décidé de ne plus devenir qu'égyptologue, pour pouvoir rester ici s'occuper de moi.

— C'était il y a longtemps ? se permit de demander Alfred.

— Oui, il y a douze ans… Maintenant il ne reste plus que moi.

La jeune femme réprima un sanglot, et Alfred la prit instinctivement dans ses bras.

— Là, allez-y, cela fait du bien de s'abandonner aux larmes…

La jeune femme se laissa submerger un instant mais s'écarta de lui et essuya ses yeux, tentant de trouver la force de surmonter sa peine.

— Bon, fouillons son bureau et son coffre, déclara-t-elle, voyons ce qu'il avait pour vous.

Alfred acquiesça, conscient du tourment de la jeune femme, et s'asseyant dans le siège de son père, commença à regarder dans les tiroirs du bureau tandis qu'elle ouvrit le coffre caché derrière les livres de la bibliothèque.

— Je ne vois ici que des documents personnels, de l'argent et quelques objets de valeurs, s'exclama rapidement Della en feuilletant le contenu du coffre.

— Pareil dans les tiroirs, il n'y a que des notes sur ses fouilles, des photographies, des nomenclatures d'œuvres… Ah, il y a un pistolet.

Alfred vérifia le chargeur.

— Et chargé.

— Papa n'était jamais tout à fait tranquille, sûrement un reste de votre temps dans les services secrets.

— Certainement, avoua Alfred.

Ils continuèrent à fouiller, quand Della tout en compulsant les dossiers de son père, se décida à lui poser une question.

— Si je puis me permettre, qui est cette contesse italienne ? Il ne m'a jamais parlé d'elle. C'est quelqu'un que vous connaissez ?

Alfred se renfonça dans le siège, faisant une pause, et expira songeur.

— C'était la femme que j'aimais… Je l'ai rencontrée en Italie au cours d'une mission avec votre père. On surveillait un entrepôt et elle est passée à vélo juste devant nous. Elle était magnifique… Belle, souriante, brune avec des yeux marron. Dès que nos regards se sont croisés, on a eu le coup de foudre, c'était tout bonnement magique. Et par chance, trois jours plus tard on s'est recroisés à une soirée et on a sympathisé.

Alfred regarda dans un tiroir, amer.

— Il s'avérait que l'entrepôt appartenait à son père, le conte d'Allegra. C'était un mafieux qui prévoyait d'envoyer des armes par bateau jusqu'en Corse pour les vendre aux indépendantistes. On ne le savait pas à l'époque, et elle non plus.

— Que s'est-il passé ?

— La mission terminée, je suis revenu la voir durant plusieurs semaines au cours des mois suivants pour passer du temps avec elle, jusqu'à ce qu'un jour je découvre sa maison en cendre en arrivant. De ce que je sais, le conte était parti se terrer en Sicile en les emmenant sa femme et elle. Il avait dû découvrir notre liaison, et probablement que j'étais un agent français, et ne supportait pas de la savoir avec un homme qui ne soit pas italien et de bonne famille. Ensuite ils ont probablement déménagé sans cesse. Je n'ai jamais retrouvé leur trace.

— C'est horrible, s'exclama triste pour lui Della.

— Cela a été horrible oui, durant plus de vingt ans. Jusqu'à ce qu'un jour, un homme vienne me voir, et m'annonce être notre fils.

Alfred esquissa un sourire en se souvenant de ce jour.

— Il m'avait retrouvé, m'expliquant qu'il avait fait des recherches dans les archives de la DGSE pour savoir qui était en poste à cette époque en Italie, pour découvrir quel agent français avait pu croiser la route de sa mère. Il avait été élevé par Valentina durant ses premières années, jusqu'à ce que son grand-père l'expédie dans un orphelinat à Paris lorsqu'il eut sept ans. Depuis ce jour il n'eut lui non plus aucune nouvelle. Mais il avait été intelligent, il avait immédiatement noté tout ce dont il se souvenait si bien qu'il savait dès son enfance ce dont il aurait besoin pour faire des recherches. Et à sa majorité il m'a retrouvé, et depuis nous la cherchons ensemble.

— Et il n'est pas avec vous ?

— Non, s'exclama Alfred en reprenant ses fouilles, je préfère qu'il ne sache rien de tout ça avant que je n'ai des informations concrètes. Il a des soucis avec sa propre famille, je ne veux pas lui rajouter un faux espoir sur sa mère.

— D'accord. Je comprends, j'imagine.

Alfred parcourut rapidement des cartes de fouilles, l'esprit toutefois ailleurs. Valentina devait avoir cinquante-sept ans cette année pensa-t-il. Cela faisait trente-sept ans qu'il était à sa recherche. Avait-elle refait sa vie ? Les avait-elle oubliés ? Il ne le savait pas, mais il continuerait coûte que coûte à la chercher.

— Je ne trouve rien, annonça le Cavalier en arrivant au fond du dernier tiroir.

— Moi non plus, c'est bizarre, s'exclama la jeune femme.

Alfred remit tous les documents en place, quand il entendit une voiture se garer dehors. Intrigué, il se leva et regarda par la fenêtre. Contrarié, il vit alors qu'ils avaient de la compagnie, des hommes en étaient sortis et entraient dans le jardin, armés.

— Dites-moi, vous savez, l'idée que votre père a été assassiné ?

— Oui ?

— Je pense pouvoir corroborer votre histoire.

Alfred se rendit vers le bureau et en sortit l'arme qu'il y avait trouvée.

— Qu'est-ce qui se passe ? s'inquiéta Della.

— Cinq hommes armés vont bientôt passer la porte.

— Bon Dieu, je ne l'ai pas fermée à clé ! s'effraya la jeune femme.

— Une idée de ce qu'ils pourraient chercher ? l'interrogea Alfred.

— Non, aucune ! Il n'y a rien de grosse valeur ici.

Alfred regarda autour d'eux, évaluant alerte la configuration de la pièce.

— Par où on peut sortir ? demanda-t-il.

— Il faudrait retourner au rez-de-chaussée mais…

Della ne termina pas sa phrase. Alfred lui mit la main devant la bouche dès qu'il entendit la porte d'entrée s'ouvrir. Puis il referma discrètement le bureau.

— On est pris au piège si on reste ici, chuchota la jeune femme.

Alfred revint vers la fenêtre et regarda à l'extérieur. Il y avait une corniche qui faisait le tour de l'étage jusqu'au toit de la terrasse.

— On va passer par la fenêtre le long de la corniche et rejoindre votre voiture, déclara-t-il.

— Mais…

— Allez ! lui ordonna Alfred.

Il braqua son arme vers la porte, et Della ouvrant la fenêtre, passa à l'extérieur.

— Tâchez de ne pas vous briser la nuque !

Le vieil homme regarda Della jusqu'à ce qu'elle ne disparaisse, puis se reconcentra sur la porte. Il les entendait monter les marches et se diriger vers eux. Dans une seconde ou deux, ils seraient de l'autre côté de la porte. Son arme ne ferait pas le poids contre des fusils mitrailleurs… Alfred enjamba le chambranle et suivit la jeune femme.

— Vite, ils vont…

Ils n'eurent même pas le temps de faire le tour de la maison que des balles fusèrent à travers la porte, provoquant un fracas assourdissant. Affolé, le vieux Cavalier se pencha plus encore et rejoignit la jeune femme.

— Vite !

Alfred la poussa et ils tombèrent au sol dans l'herbe.

— Aïe, vous m'avez fait mal ! s'exclama celle-ci en se tenant le genou.

— Désolé, s'exclama Alfred, vite ! On n'a pas le temps !

Il la prit par la main et courut le plus rapidement possible jusqu'à sa voiture.

— Qu'est-ce qui se passe ? s'affola Della en se mettant au volant.

— Aucune idée, je n'en ai strictement aucune idée, répondit le vieux Cavalier en montant à l'intérieur et en attachant sa ceinture. Mais mieux vaut filer d'ici.

La voiture démarra à toute vitesse et ils mirent de la distance entre eux et la demeure.

— Il se peut que votre père ait vraiment été assassiné !

— Vous pensez que cela à voir avec votre histoire ? lui demanda paniquée la jeune femme.

— Je n'en sais foutrement rien !

Alfred regarda en arrière le cœur battant encore la chamade. Un des hommes était rapidement revenu dans la rue et observait dans leur direction. Avec un peu de chance, il n'avait pas eu le temps de lire sa plaque d'immatriculation, avec un peu de chance.

— Bordel ! Je n'arrive pas à y croire !

— Allons chez vous ! déclara Alfred.

— Pourquoi ?

— Vous allez prendre quelques affaires et on va se cacher ! Votre vie est peut-être en danger !

— C'est une blague ?

— Devinez !

Della frappa sur le volant.

— Bon sang, c'est quoi ces conneries ?

— Vous habitez loin ?

— À une quinzaine de minutes d'ici !

— Bien, allons-y.

Vingt minutes plus tard, Della et Alfred arrivèrent devant chez elle et se garèrent.

— Je ne pense pas qu'il faille traîner, déclara Alfred en sortant, ils savent sûrement où vous habitez.

Della coupa le contact et sortit également de la voiture.

— Ce sera rapide, déclara-t-elle en stress.

Le vieux Cavalier regarda tout autour d'eux, puis il la suivit d'un pas pressé dans l'entrée de son immeuble.

— Réfléchissez encore, votre père faisait-il état de menace sur lui ou vous ? Avait-il des relations suspectes ces derniers temps ?

— Non, reprit Della en le regardant toujours paniquée, la seule relation suspecte c'est vous, un ancien collègue de la DGSE qu'il me demande de contacter après sa mort.

— D'accord.

Ils montèrent jusqu'à son appartement, et en ouvrant la porte, ils y entrèrent rapidement.

— Je vous emprunte vos toilettes si vous le voulez bien, s'exclama Alfred.

— Pas de soucis, c'est au fond du couloir, première porte à droite.

— Bien, merci.

Alfred se rendit aux toilettes et la jeune femme partit dans sa chambre pour mettre des vêtements dans un sac. La situation avait basculé en un instant. Encore incrédule, cela s'était passé si vite, que Della n'avait pas eu le temps de bien réaliser ce qu'elle vivait ni même de reprendre son souffle. Un moment elle était simplement en deuil de son père, et la seconde d'après on lui tirait dessus. Prenant hâtivement son sac de voyage elle y mit des sous-vêtements, des tee-shirts, des pantalons, des shorts, quelques pulls et des chaussettes. Passant rapidement dans sa salle de bain, elle emporta également sa brosse à dents, son dentifrice et une serviette. Enfin, elle prit une paire de chaussures de rechange au cas où, quand son téléphone sonna soudain. Affolée, elle regarda Alfred qui venait de la rejoindre dans la chambre. D'un signe de tête, il lui signifia qu'elle pouvait répondre.

— Allo ? demanda-t-elle alors en décrochant son combiné.

— *« Mon Dieu Della, c'est Karine, ça va ? »*

— Euh, oui pourquoi ? répondit-elle l'air de rien.

— *« Tu n'as pas entendu les nouvelles ? »*

— Non pourquoi ? s'étonna la jeune femme.

— *« Le professeur Smith est mort hier soir ! »*

— Quoi ?

— *« Oui, il était chez lui avec une fille et il a eu une crise cardiaque dans ses toilettes ! »*

Della sembla comme figée de terreur.

— *« Della ? Della ? Tu es là ? »*

— Je te rappelle plus tard, annonça-t-elle.

— *« Qu... »*

Della raccrocha sans attendre de réponse, et regarda Alfred.

— Le professeur Smith est mort hier soir, annonça-t-elle.

— Qui ? demanda le vieil homme.

La jeune femme resta toujours aussi prostrée et désappointée par cette nouvelle.

— C'était un des membres de notre expédition, le professeur Rembrandt Smith, annonça-t-elle encore sous le choc. Il serait mort d'une crise cardiaque.

Alfred s'avança vers elle, ne pouvant nier l'évidence.

— Deux morts à 24 heures d'intervalle, c'est bien plus qu'une coïncidence vous ne croyez pas ?

— Vous pensez qu'on en a après notre expédition ?

— Qui savait que vous aviez découvert ce tombeau ?

— Je ne sais pas, tout le monde, tous ceux qui sont du milieu !

Alfred souffla de dépit.

— Prenez vos affaires, on va passer à mon hôtel puis on ira retrouver les autres.

— Oui, d'accord.

La jeune femme tâcha de se reprendre, termina rapidement son sac de voyage, et ils partirent aussi vite qu'ils étaient arrivés. Remontant en voiture, Alfred lui indiqua la direction de son hôtel et ils s'en allèrent avec empressement. Ils ne remarquèrent même pas la voiture qui arriva et qui se gara devant chez elle. La même voiture que celle qui était venue devant chez son père.

— Qui doit-on prévenir du danger ? demanda Alfred.

— On va aller voir Mehmet, il vit à Alexandrie, puis on ira retrouver mon copain, il participe à des fouilles dans le Sud.

— C'est tout ? Vous n'étiez que cinq ?

— Six, avec Senders, mais je ne sais pas comment le joindre ni où il vit.

— Bon sang !

Della regarda la route, songeuse, et tourna vers le centre-ville.

— Je suis désolée de vous embarquer là-dedans, vous n'étiez pas là pour ça !

— Ce n'est pas grave Della, je ne vais pas laisser la fille d'un de mes amis dans une telle situation sans rien faire.

— Je vous promets que quand on aura tiré tout ça au clair, je vous aiderai à trouver les documents de mon père sur la contesse. C'est promis !

Alfred lui indiqua la gauche à l'intersection.

— Retrouvons déjà vos collègues. Pouvez-vous les joindre par téléphone ?

— Je vais essayer.

Elle sortit son téléphone de sa poche et tout en regardant la route, commença par appeler son copain.

— Ça passe sur la messagerie. Il n'y a pas de réseau là où il est.

— Et Mehmet ?

La jeune femme essaya de joindre son collègue.

— Pareil, ça sonne occupé.

— Bien, réessayez et laissez-leur des messages.

— D'accord ! Et ensuite ?

— Ensuite on essayera de trouver Mehmet, puis on ira chercher votre copain.

Arrivés une demi-heure plus tard à l'hôtel d'Alfred, ils montèrent rapidement dans sa chambre. Ouvrant sa valise il en sortit son arme qu'il mit dans le sac à main de la jeune femme, et la refermant, ils ressortirent et il paya sa note. Embarqués aussi vite qu'ils en étaient descendus, la voiture roula alors en direction de chez le professeur Mehmet, en Alexandrie.

*

Il faisait nuit, Alfred conduisait. L'après-midi qui avait commencé par une rencontre dans un bar se terminait par une fuite à travers l'Égypte. Il en était encore lui-même totalement déconcerté. Comment un simple coup de fil avait-il pu le mener à une telle affaire ? Et pourtant il était là, avec la fille de son ancien ami, parti en direction d'Alexandrie pour aller rejoindre un homme qu'il ne connaissait pas. Ils avaient ainsi déjà roulé plus d'une centaine de kilomètres sur les deux-cent-cinquante que faisait le trajet avant d'arriver chez le professeur. Tandis que Della essayait de se reposer malgré son stress, embarquée dans cette histoire sans avoir eu le temps de dire ouf, le vieux Cavalier réfléchissait quant à lui encore et encore à cette histoire. Ils étaient impliqués dans une suite d'événements aux contours encore obscurs. Qui étaient ces hommes armés, que voulaient-ils et à quel degré étaient-ils impliqués dans la mort de Dumont et Smith ? Alfred ne pouvait s'empêcher de penser à une chose étrange. Pourquoi des hommes débarqueraient-ils avec des armes à feu s'ils tuaient des gens de peur ? C'était vraiment incongru. Et pourquoi s'en prendre à une équipe d'égyptologue ? En représailles de leurs fouilles ? Étaient-ils des croyants ? Des fanatiques religieux ne désirant pas que l'on trouble le sommeil de leurs anciens pharaons ? Des membres de l'état Islamique ? Alfred cherchait à comprendre ce que pouvaient bien être leurs motivations, quand le portable de la jeune femme se mit soudain à sonner.

Sursautant, elle se redressa et décrocha avec panique.

— Oui ? Mehmet, c'est toi ? demanda-t-elle inquiète.

— *« Oui Della, j'ai vu que tu m'avais appelé, qu'est-ce qui se passe ? »*

Della regarda Alfred inquiète.

— Phil, tu es chez toi ? demanda-t-elle affolée.

— *« Oui, je viens de rentrer, pourquoi ? »*

— Écoute, c'est important, on était chez papa avec un ami quand des hommes armés ont débarqué ! Ils ont fait feu dans le bureau et on a du s'échapper ! raconta paniqué la jeune fille.

— « *Quoi ?* » sembla interloqué Mehmet.

— Et Smith est mort hier soir, comme papa ! J'ai peur pour nous tous !

— « *Quoi ? C'est quoi ce délire ?* »

— C'est sérieux Philipp, il est mort d'une crise cardiaque lui aussi, soi-disant de peur. Ça fait deux membres de l'expédition en 24 heures, et j'ai vraiment peur qu'on ne soit les suivants.

— « *Qui est au courant ?* »

— Je n'ai pas réussi à joindre Farouk, et je n'ai pas le numéro de Senders !

— « *Okay, tu es où là ?* »

— Je suis en route, on est là d'ici une heure et demie.

— « *Tu es avec qui ?* »

— Avec un ami de papa.

— « *Bien, je vais tâcher de joindre Senders.* »

— Tu aurais aussi le numéro de responsable des fouilles de Farouk ? demanda la jeune femme inquiète.

— « *Oui, je vais essayer de le trouver.* »

— Bien, merci. J'ai très peur pour lui, franchement.

Della souffla quelque peu rassurée. Bien que la situation lui fût horrible, elle était soulagée de pouvoir rapidement prévenir son petit ami.

— « *Qu'est-ce que... oh mon Dieu... Haaaa ! Haaaaaa !* » s'exclama soudain le professeur.

— Phil ? s'écria Della, PHIL ?

La jeune femme un instant plus tôt apaisée eut le cœur battant et s'époumona à appeler son collègue. Mais il ne répondit plus.

— PHILIPP !

Alfred accéléra plus encore, inquiet. Tout ça ne lui disait rien qui vaille.

— PHILIPP !

La jeune femme semblait prise d'effroi. Tremblante, elle devint livide, remplie de terreur et lâcha son téléphone entre ses jambes.

— Appelez la police, donnez-lui son adresse, dites-leur qu'ils se rendent tout de suite chez lui ! lui ordonna Alfred.

Della ne réagit pas, elle était toujours tétanisée. Mais ils n'avaient pas beaucoup de temps, il la saisit alors au visage et la força à le regarder.

— Della ! Faites ce que je vous dis ! Appelez la police et les urgences, qu'ils aillent chez lui !

La jeune fille réussit à sortir de sa torpeur, les yeux humides, rouges, et composa le numéro de la police en tentant de garder son calme. Le vieux Cavalier appuya encore sur la pédale d'accélération.

*

Les lumières des gyrophares éclairaient la rue silencieuse. Lorsqu'Alfred et Della arrivèrent, le corps était emporté sur un brancard dans un sac noir. S'arrêtant devant les voitures de police, ils descendirent sans un mot. La jeune femme était sous le choc. Regardant la demeure de son compère, elle était enfermée dans un mutisme de frayeur. Tout ça arrivait très vite, trop vite pour elle. Personne n'y était préparé, mais là, dans sa situation, c'était encore pire. Son père puis ses collègues mourraient à une vitesse folle. Et Alfred ne put que réaliser les faits. Trois victimes en deux jours. Ce n'était pas une coïncidence, loin de là. Il fallait qu'il la protège.

— Venez, on va prendre un hôtel et demain on ira chercher Farouk, déclara-t-il.

Tout en lui soufflant ces mots, Alfred la prit par les épaules et l'amena à la voiture où il l'installa. Puis il se rendit jusqu'à l'officier le plus proche. Lui demandant s'il parlait anglais ou français, il lui expliqua rapidement la situation, et demanda s'il pouvait entrer prendre les coordonnées des autres membres de l'expédition. On ne le laissa pas faire, mais se tournant vers Della, les agents de police lui demandèrent d'entrer chercher les numéros de téléphone de Senders et du chef de projet de Farouk pour qu'ils puissent eux les joindre et les prévenir. Trouvant elle ne savait comment le courage de le faire, la jeune femme s'y employa et fouilla dans le calepin de Mehmet. Puis les numéros trouvés, la police les congédia en leur demandant de se tenir à disposition. Alfred acquiesça, et ne pouvant rien faire de plus pour le moment, il conduisait la jeune femme à l'hôtel le plus proche. Là il leur prit une chambre double et après une journée plus que mouvementée et chargée en émotion, il donna un somnifère à Della et ils essayèrent de dormir. Alfred était toutefois dubitatif. Ils avaient un train de retard. Il fallait qu'ils soient plus rapides, ils étaient arrivés trop tard d'à peine une heure et demie pour Mehmet. Ils ne connaissaient pas leur ennemi mais lui les connaissait. Et il savait où les trouver. Il fallait qu'il soit plus rapide. Tâchant de trouver le sommeil, Alfred se laissa tout doucement aller à Morphée et sombra. À peine endormie, dans sa chambre Della elle fut cependant agitée par des rêves étranges. Dans sa chambre, elle se retournait sans cesse dans son lit, en nage. Elle se revoyait quelques jours plus tôt, avant toute cette histoire, quand ils avaient ouvert le tombeau et étaient entrés. Pénétrant dans la chambre funéraire, ils avaient fait des photos, heureux de leur découverte, et s'étaient immortalisés posant devant le sarcophage. Mais dans son cauchemar, tiraillant son esprit, le sarcophage était ouvert, vide, et quelque chose essayait de l'attirer dans l'autre vie.

VIII

Phileas, Adélaïde, et Corie arrivèrent à la maison d'été d'Alfred vers midi. S'étant relayés tous les trois sur le trajet pour conduire, ils avaient à tour de rôle tenté de terminer leur nuit en ne faisant qu'un arrêt tous les deux heures. Mais dormir en voiture n'était pas le meilleur moyen de récupérer du sommeil, et la fatigue se faisait donc malgré tout sentir. Ils s'étaient toutefois chargés d'une mission et une fois descendus de voiture, bien qu'épuisés, ils déchargèrent leurs affaires pour s'y atteler le plus vite possible.

— Tu as les clés ? demanda Adélaïde à son époux.

— Pas de clé, il a installé des digicodes partout.

Alors que les deux jeunes femmes regardèrent la propriété tout autour d'eux, Phileas s'avança vers la porte d'entrée et tapa le code d'accès. La diode verte s'alluma alors et la porte se déverrouilla.

— C'est ici qu'il vivait quand je l'ai retrouvé, expliqua Phileas. Il a décidé de venir s'installer près de chez moi mais il a toujours considéré cet endroit comme sa maison, c'est sa mère qui la lui avait léguée. Du côté de son père, ses terres sont en Écosse.

Corie et Adélaïde acquiescèrent et posèrent leurs affaires dans le salon.

— C'est beau en tout cas.

— Venez, il doit y avoir des conserves et des bouteilles d'eau.

Les filles approuvèrent l'idée et se rendant dans la cuisine, ils se préparèrent rapidement à manger.

— Qui a le pain ? demanda Phileas.

— C'est moi.

Corie le sortit de son sac et le posa sur la table. Phileas se rendit dans le sellier et décrocha un jambon sec du plafond qu'il coupa rapidement en fines tranches.

— Il doit y avoir du jus de pomme dans la réserve, sinon il y a de l'eau.

— D'accord, merci.

Adélaïde prépara une salade de maïs en conserve avec les tomates achetées à la supérette rencontrée en chemin, et Corie fit des sandwichs avec le fromage et le jambon fumé.

— Heureusement qu'Alfred a tout ce qu'il faut dans sa cuisine, s'exclama Adélaïde en posant le saladier sur la table. Il ne manque de rien si ce n'est des oignons, de l'ail et des échalotes.

— Il fait toujours le plein de produits frais quand il vient, sinon oui, il a de quoi vivre tranquillement.

Les trois comparses mangèrent et burent pour reprendre des forces, affamés. Puis leur repas expédié, Adélaïde fit la vaisselle tandis que Corie s'assit en tailleur au sol dans le salon, son ordinateur portable sur les genoux, et que Phileas partit prendre les caisses de dossiers dans le bureau de son père pour les lui amener. Rapidement, ils se retrouvèrent ainsi tous les trois plongés dans les vieux dossiers d'Alfred pour tenter de trouver des contacts, des indices sur d'éventuelles missions liées à la ville de Sienne ou encore sur des personnes qui pourraient lui en vouloir. L'après-midi défila ainsi lentement et fastidieusement alors que les fichiers défilèrent sous leurs yeux. C'était long, ennuyant, éreintant mais nécessaire. Ils lurent des dizaines d'histoires, des centaines de noms, et trièrent tout autant de documents.

Déjà fatigués de leur recherche, il était dix-huit heures quand le téléphone de Phileas sonna et que Corie prit l'appel.

— Oui Johns ? demanda-t-elle.

Elle écouta la réponse durant quelques secondes avant de reparler.

— Bien, merci.

Elle raccrocha et regarda Phileas et Adélaïde en se frottant les yeux.

— La section de recherche n'a rien trouvé dans le répertoire téléphonique de votre père. Toutes les personnes dont les numéros y sont notés sont clean et n'ont aucun rapport avec la DGSE. Il y a son plombier, son boulanger, toutes les entreprises auxquelles il pourrait avoir affaire, ses voisins, les Cavaliers et vous. Mais rien d'autre.

La jeune femme bâilla et s'étira les bras.

— Vous devriez prendre une pause Corie, s'exclama Adélaïde.

— Oh, je voudrais surtout une douche, avoua celle-ci.

— Allez-y, la salle de bain est en haut, à droite au fond du couloir quand vous êtes en haut des escaliers, déclara Phileas, je vais rallumer le chauffe-eau.

— Volontiers, merci.

Elle se leva pour monter à l'étage et Phileas après avoir terminé de lire un document en fit de même pour aller allumer la chaudière à la cave.

— C'est bon ? demanda-t-il au bas de l'escalier.

— Non, l'eau est toujours froide, s'exclama la jeune femme.

— Je monte.

Il monta les escaliers et se rendit à la salle de bain. Corie avait la main sous le jet.

— Elle est glacée, déclara-t-elle.

Phileas acquiesça de la tête et regarda les robinets sous le chauffe-eau. Tout était bon. Il alluma alors le brûleur et régla la température sur économique.

— C'est tout bon.

— Merci.

Phileas sortit de la pièce, l'apercevant rapidement de dos retirer son sweat, révélant furtivement le galbe d'un sein, avant de refermer la porte. Puis il descendit et rejoignit Adélaïde pour compulser d'autres dossiers.

— On va en avoir pour la nuit, tu le sais ? lui expliqua-t-elle.

— Je sais oui.

Phileas partit se couper une large tranche de jambon puis revint s'assoir à côté d'elle. Prenant une pile de dossiers, il ouvrit le premier et vit une photo de son père, jeune, entouré de ses associés de la DGSE.

— Tiens regarde.

Il la montra à sa femme et désigna le sixième homme en partant de la gauche.

— Là c'est lui. Il avait trente-trois ans, en 1980.

— C'était bien après qu'il rencontre ta mère. Tu es né en 78 c'est ça ?

— Oui, avoua Phileas. Il était en poste à la Réunion à ce moment-là.

Phileas regarda la photographie avec fascination. Son père y avait les cheveux bruns, sa peau était lisse et son embonpoint était inexistant. Il était si jeune… plus jeune qu'il ne l'était lui-même à cet instant.

— Les autres hommes sont ses collègues de la DGSE, il faudrait qu'on les retrouve, formula Adélaïde en scrutant l'image à travers ses lunettes noires.

Phileas retourna la photographie.

— Mendels, Lupin, Desmont, Dumont, Black, Thil, Bazin, Thibaut et Fisher, lut-il.

Saisissant son téléphone, il prit en photo la vieille image et son verso. Puis il les envoya au *Service*.

« *DGSE. Des infos ?* », écrivit-il.

Rangeant ensuite son téléphone, il s'apprêta à compulser le dossier qu'il venait d'ouvrir, quand Corie arriva dans le salon, uniquement vêtue d'une serviette beige. Les cheveux mouillés, sa peau était encore à certains endroits parsemée de gouttes d'eau.

— Désolée, je viens juste prendre mes affaires.

Se faisant, elle passa rapidement devant eux et saisit son sac pour prendre de quoi se changer.

Adélaïde elle aussi épuisée se leva et commença à déboutonner son chemisier. Elle ne cacha toutefois absolument pas sa poitrine devant sa subalterne qui en fut surprise et détourna le regard.

— Oh c'est bon, vous les avez déjà vus, déclara-t-elle exaspérée.

Retirant son vêtement et commençant à déboutonner son pantalon, elle monta à l'étage pour elle aussi prendre sa douche, tandis que Corie prit son sac pour aller se changer dans la pièce voisine. Phileas décidant qu'il en avait assez, lui aussi exténué par des heures de recherches sans résultats dans des dossiers pour la plupart censurés ou incomplets, se leva pour aller se servir un verre de vin qu'il prit dans le sellier de son père.

Laissant traîner son regard en débouchonnant la bouteille, il vit Corie de dos remonter un jeans sur une culotte blanche, puis passer un soutien-gorge qu'elle attacha devant avant de le faire tourner, de l'enfiler sur sa poitrine et de mettre un tee-shirt. Quelque peu émoustillé, il fallait le reconnaître, il tâcha de ne pas se laisser distraire et se servit dans un immense verre à vin. Le goûtant il en fut satisfait et en servit un autre à Corie lorsqu'elle arriva.

— Merci.

— De rien.

Elle le porta à sa bouche, le trouva succulent, et attachant ses cheveux avec un élastique, elle le regarda quelque peu mal à l'aise.

— Comment votre ami a réagi ? demanda-t-il concerné.

— Il a rouspété à l'idée que mon patron me tire du lit à trois heures du matin mais je lui ai dit qu'on n'avait pas une promotion sans contrepartie.

— Pour expliquer les vacances et les revenus ? conclut Phileas approbateur.

— Oui.

La jeune femme but une nouvelle gorgée et se plongea dans la robe du vin.

— Vous pensez qu'il lui est arrivé quoi à votre père ? le questionna-t-elle.

Phileas expira longuement, songeur.

— Très franchement, je n'en ai aucune idée. Il n'a laissé aucun mot, aucune explication. Cela ne lui ressemble pas. Ce qui m'amène constamment à penser que c'est quelque chose qu'il tient à accomplir seul, sans mon aide ou celle du *Service*. J'en suis certain.

— Pourquoi donc ? Je veux dire, pourquoi ne pas demander votre aide, celle du *Service* ou celle des Cavaliers ?

Phileas regarda sa secrétaire avec le sourire.

— On est très cachotiers dans la famille, surtout en ce qui concerne notre vie privée… Je tiens sûrement ça plus de lui que de ma mère.

— Vous ne parlez jamais d'elle, se risqua à demander Corie.

Phileas but une nouvelle gorgée de son vin.

— Que voulez-vous que je dise ? Vous avez dû lire mon dossier, alors vous devez savoir que mes souvenirs d'elles sont anciens. Tout ce que je sais c'est qu'elle m'a élevé entre l'Italie et la Sicile, jusqu'à ce que son père me place en orphelinat à Paris et disparaisse avec elle. J'ai beau eu chercher, je ne sais ni où, ni pourquoi. Tout ce que je sais, c'est que je ne l'ai alors plus jamais revue et qu'à ma majorité, j'ai hérité de sa fortune.

— Et votre père ?

Phileas lui sourit et but une gorgée.

— C'est tout aussi compliqué, conclut-il.

Corie voulut tenter d'obtenir d'autres informations, mais Adélaïde arriva à ce moment-là et il lui servit un verre, changeant le sujet de la conversation.

— Tiens, goutte-moi cette merveille !

Adélaïde prit le verre et en avala une bonne quantité.

— Mmmh, pas mauvais.

— Il a du goût le vieux ! ricana Phileas en lisant l'étiquette de la bouteille.

Il la reposa, puis prenant son verre il se rendit au salon pour continuer à consulter les vieux dossiers de son père. Corie et

Adélaïde en firent alors de même, et un verre de vin chacun, ils continuèrent à fouiller dans le passé censuré d'Alfred.

— Un peu de musique ?

Phileas mit un vinyle de Blues et ajusta le son.

— C'est parfait, lui concéda Adélaïde.

— Il fait de plus en plus frais, déclara Corie.

— Oui, j'avoue.

— C'est une vieille maison, dans le sud… Je ne crois même pas qu'elle a le chauffage. La cheminée devait tout faire dans le temps.

Phileas regarda sa femme et lui sourit.

— Quoi ?

— Il faudrait qu'on ait une cheminée, tu ne penses pas ?

— Tu crois que c'est le moment ?

— Rabat-joie.

Ils s'échangèrent un bisou complice, quand un SMS que reçut Corie attira leur attention. Prenant son téléphone en main, la demoiselle regarda le message.

— Qui est-ce ?

— Mon petit ami, annonça-t-elle, il me demande où je suis et quand est-ce que je rentre.

Corie écrivit rapidement une réponse, reposa son téléphone au sol, et regarda ses supérieurs.

— Je lui ai dit que j'étais bloquée au bureau. Il va sortir ce soir du coup.

— Il ne risque pas de mal le prendre ? Vous vous êtes beaucoup absentée ces derniers temps.

— Il sait que je travaille beaucoup et que mon boulot est important.

Tout en prononçant ces mots, Corie baissa les yeux pour ne plus croiser leur regard. La gravité de la situation avait été telle qu'ils n'avaient pas évoqué le sujet ni même pensé à afficher leur mal-être, mais cela lui revint d'un coup en mémoire. Leur histoire, les derniers échanges de SMS… Ce n'était tout d'un coup plus facile d'être tous les trois dans la même pièce.

— Hé ben, heureusement que j'ai mis la musique, tenta de détendre l'atmosphère Phileas.

— Phil ! le rappela à l'ordre Adélaïde.

— Quoi ? Oh allez, prenons ça avec humour ! En tout cas je préfère la prendre avec humour, parce que franchement, j'ai perdu mon père et je n'ai pas besoin qu'on se fasse en plus la gueule.

Adélaïde regarda gênée Corie, qui en fit de même. Puis elles replongèrent le nez dans leurs documents.

— J'ai ici un papier qui stipule que votre père a participé à l'arrestation d'un groupe terroriste en 1983 et dont le chef n'a jamais été retrouvé, annonça Corie en lui tendant la feuille. Vous pensez que cela pourrait être une piste ?

Phileas la prit en main et la lut rapidement.

— Changement de sujet efficace, mais non, je ne pense pas que cela soit une piste à suivre.

Adélaïde leva l'index.

— Je pense avoir quelque chose.

Sortant un vieux post-it du dossier qu'elle avait en main, elle le lut à haute voix et le tendit à son époux.

— Edmond Thil, 42 25 58 01.

Phileas regarda la petite feuille de papier jaunie et connaissant ce nom, ressortit la photographie qu'il avait trouvée un quart d'heure plus tôt.

— Thil… le sixième, déclara-t-il en lisant la liste des noms.

Il retourna la photographie et regarda le visage du septième homme en partant de la gauche, le sixième étant son père. De type caucasien, il était brun et grand, sans lunettes. Il portait simplement une petite moustache... Saisissant son téléphone, Phileas appela Johns au *Service*.

— À quoi correspondent les chiffres ? demanda Corie. Un numéro de compte ?

— C'est un ancien numéro de téléphone, lui expliqua Phileas. Edmond Thil, annonça-t-il ensuite lorsque Johns décrocha. Faites une recherche. Il a vécu à Paris avant et peut-être pendant la réforme de 1996 des numéros de téléphone. Tu as de quoi noter ? Okay, alors c'est le 42 25 58 01... Voilà. Tu penses pouvoir le retracer ? Parfait, rappelle-moi quand c'est fait.

Phileas raccrocha puis continua à compulser les dossiers en face de lui, quand il reçut un coup de fil.

— Allo ?

— « *J'ai ton homme. En regardant dans nos vieux annuaires aux archives, on a retrouvé son adresse à Paris, où il a vécu jusqu'en 2000. Mais tiens-toi bien, il habite maintenant à Sienne, à trois rues de la cabine téléphonique d'où l'appel a été passé. Je t'envoie l'adresse sur ton téléphone.* »

— Parfait, merci !

— « *De rien* », s'exclama Johns avant de raccrocher.

Phileas posa son téléphone au sol.

— Corie, vous pouvez nous prendre deux billets d'avion pour Sienne ?

La jeune femme prit son ordinateur sur ses genoux et tapa rapidement une recherche.

— Vol le plus direct, en partance de Marseille si possible, réfléchit à haute voix la jeune femme.

— Tu as une piste ? demanda Adélaïde à son époux.

— Edmond Thil vit maintenant à Sienne, à trois rues de là d'où l'appel fut passé, lui répondit-il.

— Super.

Adélaïde se leva et partit dans la cuisine.

— Voilà, j'ai pris vos billets, départ demain début d'après-midi depuis Marseille, confirma Corie. Mon Dieu qu'il fait froid, lâcha-t-elle ensuite en remettant son sweat.

— Cela vous dérange de rentrer seule ensuite ? l'interrogea Phileas.

— Je ne pense pas avoir le choix malheureusement, avoua-t-elle.

— Désolé.

— Ce n'est pas grave, je suis contente d'avoir aidé.

Adélaïde revint avec la bouteille de vin.

— Ça veut dire départ tôt, dodo tôt, et donc plus de vin !

Elle vida le reste de la boisson dans leur verre et portant le sien, les invita à toaster.

— À un travail de recherche que je ne veux jamais avoir à refaire !

— Moi non plus, avoua Corie.

Phileas trinqua avec elles puis ils avalèrent leur verre. Épuisés ils rangèrent alors tous les dossiers dans leurs boites, qu'ils remirent à leurs places, s'étirèrent, et commandèrent pizza. Excepté la photographie des anciens compagnons d'Alfred que Phileas conserva, lorsqu'il fut temps d'aller se coucher tout avait ainsi retrouvé sa place.

— Demain on se lève au plus tard à dix heures, annonça-t-il.

— Bien, s'exclama Corie en croisant les bras, gelée.

— Merci à vous.

— Mais de rien.

Phileas apprécia son aide tout autant que celle d'Adélaïde savoura d'être plus près du but qu'avant, et faisant la bise à leur subalterne frigorifiée sur le pas de sa porte, Adélaïde et lui la laissèrent aller se coucher. Ils comptaient dormir dans la chambre d'Alfred tandis qu'elle irait dans la chambre d'amis. Mais Adélaïde elle aussi gelée regarda la jeune femme avec une pointe de pitié. Il faisait terriblement froid, et le chauffage était inexistant dans cette vieille maison.

— Vous voulez venir dormir avec nous ? lui demanda-t-elle.

— Je…

— Sans que cela déborde, se reprit immédiatement Adélaïde. Simplement pour ne pas mourir de froid.

— Non, répondit courtoisement la jeune femme, je ne préfère pas. Bonne nuit.

Sur ces mots elle rentra dans sa chambre et referma la porte. Adélaïde et Phileas partirent donc se coucher, mais le froid fut des plus effroyables, surtout après une journée à très peu chauffer leurs muscles. Ils n'étaient ainsi pas couchés depuis dix minutes que malgré les couvertures, Adélaïde grelotait toujours et claquait des dents.

— Bon sang, il fait froid chéri...

Phileas qui la tenait dans ses bras ne put que constater l'évidence. Elle était glacée.

— Tu n'as pas froid toi ? lui demanda-t-elle.

— J'ai appris à entraîner mon corps, j'ai fait l'Antarctique je te rappelle.

— Bordel, je n'arriverai pas à dormir, j'ai trop froid…

Phileas lui fit un bisou sur la joue.

— Tu veux qu'on aille dormir devant la cheminée ? lui proposa-t-il.

— Tu veux bien ?

— Je vais aller l'allumer.

Phileas se leva, sortit de la chambre et descendit rapidement les escaliers. Tout en claquant des dents, Adélaïde prit les couvertures, se dirigea vers la porte de la chambre d'amis et toqua à la porte.

— Oui ? demanda Corie.

Adélaïde ouvrit la porte et passa la tête par le chambranle.

— Nous on a trop froid, Phileas va allumer la cheminée et on va aller dormir dans le petit salon. Vous restez là ?

Corie la regarda par-dessus les couettes, bien enfoncée en dessous, mais elle grelotait tout autant qu'elle.

— Il ne se passera rien hein ? Vous n'allez rien tenter ?

— Corie, j'ai envie de dormir, rien de plus, arrêtez de psychoter.

— J'arrive alors.

Prenant ses couvertures, elle la suivit et descendit rejoindre Phileas.

— Amenez les matelas, ce sera plus confortable, s'exclama celui-ci en allumant un morceau de cagette sous les buches.

Les filles obtempérèrent et une dizaine de minutes plus tard, elles étaient emmitouflées dans leurs couettes sur les matelas placés devant la cheminée.

— Un feu de cheminée dans le sud s'exaspéra Corie en claquant des dents, sérieux.

— C'est une vieille maison du début XXe mal isolée, à l'époque ils n'avaient pas le chauffage et en hiver il fallait une cheminée, expliqua Phileas. Surtout avec le vent marin.

Phileas attisa le feu avec un tison puis plaça deux autres buches dans les flammes et referma la vitre.

— Voilà, cela va chauffer vite, fit-il en tendant ses mains pour se les réchauffer un peu.

Il savoura le bruit des flammes qui crépitent, lui rappelant sa jeunesse, puis il se leva, poussa un peu Adélaïde et s'installa sous leur couette.

— J'ai mis mon réveil pour neuf heures, déclara-t-il.

Les filles hochèrent de la tête et tendirent leurs mains vers les flammes.

— Petites natures, ricana-t-il.

— On n'a pas tous fait le pôle Sud, les montagnes péruviennes et l'Himalaya, protesta Corie.

— Bien dit Corie, approuva Adélaïde.

— Bonne nuit en tout cas.

— Bonne nuit monsieur.

— Bonne nuit chéri.

Phileas ferma les yeux pour s'endormir, quand une dizaine de minutes plus tard le feu ayant bien pris, elles eurent assez chaud et décidèrent de dormir aussi. Se calant contre son époux, Adélaïde s'installa en cuillère avec lui, tournée face à Corie. Celle-ci lui adressa un dernier signe de tête puis ferma les yeux. Mais amusant Phileas qui avait prévu le coup, la température s'élevant de plus en plus, les deux jeunes femmes se redressèrent rapidement pour retirer leurs vêtements et ne garder que leurs dessous. Corie laissa ainsi sa culotte et son tee-shirt, et Adélaïde ne porta plus que son tanga, ce qui gêna quelque peu la jeune femme. Mais indifférente, elle ne s'en soucia guère et se recolla contre son mari. Songeant à son compagnon qui était loin, dans leur lit, Corie ne put s'empêcher de constater que la situation était des plus capillotractées. Elle se serait presque crue dans un film pornographique. Bon sang, elle se retrouvait à dormir au coin d'une cheminée à côté de ses patrons, avec qui elle avait trompé Mathieu. C'était un scénario des plus alambiqués.

Regardant le plafond, ne trouvant pas le sommeil, elle eut toutefois rapidement les yeux rouges et humides. Comment avait-elle pu faire ça ? Comment en était-elle arrivée là ? Le tromper alors qu'elle l'aimait, alors qu'il l'aimait tant, tout ça pour assouvir un fantasme malsain, coucher avec Phileas. Elle se sentait pitoyable, indigne de son amour. Et puis sa cheffe l'avait menacée de tout lui révéler si elle ne couchait pas aussi avec elle. Alors elle l'avait fait. Elle avait préféré le tromper encore plutôt que de risquer qu'il l'apprenne. Qu'est-ce que ça en disait sur elle ? Que c'était une garce ? Elle aimait Mathieu pourtant, plus que tout, mais elle avait recommencé par lâcheté. Elle avait voulu coucher avec ce beau mec et elle l'avait finalement fait, comme cédant à une lubie d'adolescente, et cela avait eu de terribles conséquences. Si elle le lui disait, lui pardonnerait-il ? Non, bien sûr que non. Mathieu la quitterait sur-le-champ. Elle devait continuer à lui mentir si elle tenait à ce qu'ils restent ensemble. Elle devait garder sa tromperie secrète, protéger leur amour. Corie se mit sur le côté, et regarda sa cheffe, étendue à à peine un mètre d'elle. Dire qu'il y a quelques jours elle l'avait forcée à coucher avec elle, une femme qui plus est ! Cela l'écœura rien que d'y repenser. Elle qui aimait son copain, elle l'avait embrassée, léchée, touchée, acceptant un rapport homosexuel pour acheter son silence. Un silence qu'elle n'avait pas eu besoin d'acheter en plus ! Corie s'énerva toute seule. Elle se rappela les larmes, les suppliques qu'elle avait faites pour garder son travail et son silence, et ce qu'elle avait accepté de faire pour y parvenir alors que ce n'était que des foutaises. Elle avait dû mettre sa tête entre ses jambes et lui lécher le sexe, elle avait dû glisser sa langue en elle, l'embrasser, lui caresser les seins… Corie se remplit de rage, furieuse de ce qu'ils lui avaient fait subir. Elle revoyait sans cesse cette femme plonger sa tête entre ses cuisses pour lui mordiller le clitoris, la violant de sa bouche et de ses doigts, pinçant ses seins… Corie se sentait littéralement bouillir, énervée, quand dans son sommeil, Phileas tira la couette et révéla le corps de sa femme. Avant qu'elle ne se recouvre par réflexe, elle vit clairement qu'il dormait la main sur ses seins, qu'elle ne s'était pas gênée de couvrir. Corie fut bouche bée, totalement décontenancée. Malade de cette scène elle tourna la tête et prit son portable pour écrire à Mathieu.

« Tu fais quoi chéri ? » demanda-t-elle.

« On est au bar avec des amis, et toi bébé ? Tu n'es pas au travail ? » reçut-elle rapidement.

« Si, mais j'ai une pause… j'ai besoin de réconfort… » Corie tenta de se changer les idées et en attendant la réponse de son copain, ne se sentant plus fatiguée, elle discuta avec une de ses amies, Nathalie.

« Hey Nat, ça va bien ? »

« Ouais je suis de sortie avec Val. Une soirée entre sœurs il n'y a rien de tel ! »

« La chance ! Moi je suis coincée au bureau avec mes patrons ! »

« Ceux que tu ne peux plus supporter ? »

« Oui… »

« La loose. Du coup tu n'es pas avec Mathieu ? »

« Ben non. »

Alors qu'elle envoyait sa réponse, elle reçut justement le message de son copain, qui répondit finalement à sa détresse.

« Qu'est-ce qui se passe ? Tu veux en parler ? »

Corie essaya de broder une histoire pour expliquer son mal-être, quand elle reçut un nouveau message de Nathalie, qu'elle ne put s'empêcher de lire.

« Dis, je ne veux pas t'inquiéter, mais je viens justement de le croiser, et il y a Christelle avec Mathieu et ses potes ! »

« *Quoi ?* » écrivit Corie immédiatement énervée.

« *Je viens de les croiser !* »

Sans plus attendre la jeune femme demanda des explications à Mathieu et plus de détails à Nathalie. Mais déjà à fleur de peau à cause de sa situation, le résultat fut inévitable, elle était furieuse. Mathieu sortait en soirée avec ses amis, et son ex. En colère, rageuse, Corie se montra particulièrement jalouse, sachant qu'elle lui tournait toujours autour, et les mots de Mathieu qui le lui avait caché n'y changèrent rien.

« *Oui, je suis désolé bébé, mais elle s'ennuyait alors je lui ai proposé de venir au bar avec nous. Mais je t'assure qu'il ne se passe rien !* »

Corie était dans une rage folle. Rédigeant rapidement une réponse incendiaire, elle se montra plus qu'énervée. Bon sang, après tout ce qu'elle avait fait pour lui, toute la souffrance qu'elle ressentait depuis une semaine à cause de ce qu'elle avait fait, dès qu'elle n'était pas là il voyait son ex ? Nathalie et Mathieu eurent beau tenté de la calmer, Corie était furieuse. Elle s'était fait mal au cœur, horriblement mal, elle en avait perdu le sommeil, et monsieur lui voyait cette garce à la première occasion alors qu'il savait qu'elle la haïssait.

« *Ce n'est peut-être pas grave !* » tenta de la calmer Nathalie.

« *Pas grave ? Tu sais combien de fois elle lui écrit ? Le nombre de lettres qu'il reçoit d'elle ?* »

Corie fulmina. Elle se retint de jeter au loin son téléphone, quand elle entendit *M* bouger à côté d'elle. Elle la regarda, espérant ne pas l'avoir réveillée, quand en voyant ses lèvres, l'idée traversa sa tête en un instant. Désireuse de lui rendre la monnaie de sa pièce alors qu'il avait juré de ne plus jamais la revoir, elle lui envoya un message cryptique des plus rancuniers.

« Tu vas voir. Ça, tu vas me le payer. »

Puis posant son téléphone à côté d'elle, sans aucune hésitation elle s'approcha de sa patronne. Passant sa couette par-dessus la sienne elle se glissa contre elle et posa sa bouche sur la sienne. Lentement, tout doucement, elle lui fit des bisous tout en se montrant à chaque fois plus insistante. Elle ne pensait pas qu'elle fut éveillée mais rapidement ses lèvres commencèrent à imprimer un mouvement et elle glissa le bout de sa langue entre elles. De sa main gauche elle passa alors sous son tanga et descendant le long d'un pubis parfaitement épilé, elle lui toucha les lèvres vaginales. Forçant toujours jusqu'à l'embrasser dans son sommeil Corie s'immisça plus énergétiquement entre ses cuisses chaudes et lui glissa une phalange dans le vagin. Sentant les contours de ce sexe humide et chaud qui n'était pas le sien, elle y resta plusieurs minutes avant qu'un bras ne se rabatte sur son épaule, puis remonte jusqu'à sa tête. Corie ne sut toujours pas si elle était réveillée, mais elle continua sa vengeance tout en embrassant sa patronne. Puis elle sut qu'elle ne dormait plus. *M* se releva et s'affala sur elle pour l'embrasser langoureusement. La tenant par la tête elle enfonça sa langue dans sa bouche et écarta un maximum ses jambes pour faciliter sa pénétration. Corie y alla de bon cœur et avec joie. Elles s'embrassèrent tendrement durant plusieurs longues minutes, quand *M* soulevant son tee-shirt lui embrassa alors les seins amoureusement, puis descendit le long de son ventre jusqu'à sa culotte. Corie lui caressant les cheveux la regarda la dévêtir, la lumière orangée du feu éclairant ses cuisses et peu à peu son pubis, et se languit de la voir puis la sentir amener sa bouche au contact de son sexe. Poussant de petits cris elle lui maintint la tête et apprécia son cunnilingus. Corie ferma les yeux, satisfaite. C'était si bon quand quelqu'un s'occupait de ses parties intimes. Elle réalisait que, qu'importe le sexe, que ce soit un homme ou une femme, si c'était bien fait, elle appréciait qu'on s'occupe de son minou. Et si Mathieu estimait que ce n'était pas grave de revoir son ex, elle estimait que ce n'était pas grave non plus que quelqu'un d'autre la touche à cet endroit. Quittant les cheveux de sa patronne, elle releva son tee-shirt pour se caresser les seins quand elle remarqua Phileas. Tourné vers elles, réveillé, la couette dessinait clairement le mouvement de ses mains. Il se masturbait en les regardant faire. Mouillant encore plus, Corie repoussa la couette pour le voir faire. Le boxer baissé, elle le voyait s'affairer énergétiquement à sa tâche, une main sur ses testicules, l'autre s'agitant sur sa verge. Puis *M* lui attrapa le tee-shirt et le lui retira. Elle ôta ensuite son tanga et sa culotte et s'allongeant de son long sur elle, elle l'embrassa à pleine bouche avant de lui peloter les seins. Mais Corie ne regarda plus que Phileas et son sexe qu'il masturbait pour elles, et alors qu'il se redressa, retira son tee-shirt et son boxer, elle le vit passer derrière *M* et la prendre en levrette. Observant ses muscles sous le crépitement des flammes, elle l'observa la malmener avec rage tout en la regardant dans les yeux. Corie ne quitta pas son regard, elle le soutint malgré les suppliques de *M*. Mathieu n'avait qu'à ne pas trahir sa promesse, il n'avait qu'à respecter ce qu'il lui avait juré. Maintenant ce qui se passait était de sa faute. Corie observa toujours Phileas prendre farouchement sa femme jusqu'à ce que celle-ci trouva réconfort sur ses lèvres et ne l'embrasse, détournant son regard. Phileas se retira alors, et vint s'assoir à côté d'elles. Il les fit s'embrasser passionnément en les maintenant par la tête puis il lui lécha les seins. Corie s'en complut allégrement et pencha la tête en arrière. Pourquoi respecter son vœu de fidélité s'il ne respectait pas une simple requête émanant de sa copine, celle qu'il prétendait réellement aimer ?

— Pourquoi avoir finalement décidé de recommencer ? l'interrogea Phileas, un doigt jouant avec son clitoris.

Corie l'embrassa en le tenant par le cou, langoureusement, avec la langue, totalement offerte, puis se détacha de lui et le scruta dans le blanc des yeux.

— Je me suis sentie mal de ce que j'avais fait, vraiment, et je ne voulais pas recommencer. Je vous ai détesté pour ça. Mais j'ai beau l'aimer, il n'avait qu'à ne pas voir son ex dans mon dos. Il sait que je la hais.

Phileas sourit, comme à son habitude, et lui fit des bisous dans le cou en remontant jusqu'à son oreille.

— Chaque fois qu'il la verra, je veux que tu viennes te venger.

Corie malgré toute sa rage le regarda avec fermeté.

— Ça, c'est hors de question !

L'homme du club sourit encore, et l'embrassa à pleine bouche. Puis il en fit de même avec sa femme avant de lui demander de s'allonger. Tout en lui léchant le corps, il lui cala la tête avec des oreillers, puis il amena Corie à lui laper le sexe, et se positionnant derrière elle, il la pénétra en un instant.

— J'avais dit pas devant, rouspéta-t-elle sous les à-coups.

Maintenant qu'il l'avait de nouveau, Phileas se moqua bien de ses précédentes consignes, vieilles de huit jours, et tandis qu'Adélaïde maintint sa tête entre ses cuisses, il la pilonna sans vergogne. Regardant cette fois sa femme pousser des cris alors qu'elle se faisait laper les lèvres et mordiller le clitoris il savoura l'image délicieusement chaleureuse éclairée ainsi par les flammes. Leur affaire dura ainsi presque une dizaine de minutes, dynamisée par les cris d'Adélaïde, quand se sentant venir, il leur posa la question.

— J'éjacule dans la petite chatte de Corie, ou bien on choisit l'autre solution ?

— L'autre, supplia Adélaïde avec malice.

— Dans ma chatte, lâcha mielleuse Corie.

— Mmmh, ce sera l'autre cette fois-ci. Tu l'auras rien que pour toi la prochaine fois Corie, au bureau, s'exclama Phileas, lui intimant clairement qu'il y aurait une suite.

Sa décision prise, il continua un peu à limer le vagin de sa secrétaire, quant au bord de l'explosion, il se retira et se leva. Vive comme l'éclair, Adélaïde se redressa alors et se colla à Corie face à lui. Phileas leur éjacula sur le visage, déversant son sperme par de puissantes giclées sur leur nez, leurs joues, leurs yeux, leur bouche et leur front. Adélaïde totalement éprise lapa ensuite entièrement le visage de Corie, récupérant chaque goutte de sa semence pour l'avaler ou la partager avec elle. Puis celle-ci en fit de même, contrainte aux événements mais peu farouche. Au point où elle en était, autant être cochonne et jouer le jeu. L'acte dura ainsi plusieurs bonnes minutes, où leur langue quittèrent à chaque fois leurs bouches pour récolter son fluide et le reprendre à elles dans un spectacle lesbien fort érotique. Puis Corie toujours à genoux devant Phileas, lui lécha le sexe, désormais mou mais encore salivant, et se complut à le regarder dans les yeux tout du long. Ce n'était pas son copain et c'était bien fait pour lui. Il l'avait mérité cette fois-ci. Une fois terminée, saisissant enfin son téléphone, elle lui écrivit alors.

« C'est bon, c'est pardonné, je suis désolée chéri. On en reparlera demain, là je suis crevée. Bisous, je t'aime. »
Puis elle s'allongea nue en position fœtale sous les couettes. Phileas se cala contre elle dans son dos et *M* se mit face à elle.

— Vous ne vous en voulez pas trop ? lui demanda celle-ci en lui caressant les seins.

— Non, rétorqua Corie après un temps de réflexion en en faisant de même, bi curieuse, je veux bien être fidèle, m'en vouloir quand je craque pour un autre homme ou quand je fais une connerie, mais s'il n'est pas capable d'accepter et de respecter le fait que je ne veux pas qu'il voit son ex, même s'il ne se passe rien, je ne vois pas pourquoi je ne passerais pas sous le bureau quand mon patron me le demande.

— C'est une façon extrême de voir les choses, s'étonna Adélaïde.

— Il sait que je la déteste et que je ne veux plus qu'il la voit. Et il sait qu'elle veut le récupérer, expliqua Corie.

— Du coup vous vous vengez.

La jeune femme sembla perplexe et amena sa patronne à se coller contre elle.

— Non, disons plutôt que puisque mon copain n'en fait qu'à sa tête, je vais me consacrer à ma carrière, et tout faire pour me faire bien voir de la direction.

Sur ces mots lourds de sens, épuisés et devant se lever tôt le lendemain, ils se turent tous les trois et s'endormirent rapidement. Mais oui, pensa toutefois une dernière fois Corie en sombrant dans le sommeil, à partir de maintenant, elle ne broncherait pas si quelqu'un lui mettait la main aux fesses au bureau. Et si pour avoir un peu plus d'aménagement d'horaires ou d'autres avantages, il fallait qu'elle se mette à genoux ou s'allonge sur un bureau, et bien elle le ferait sans mal.

IX

Adélaïde et Phileas s'étaient réveillés à neuf heures. Tandis que son époux était parti chercher de quoi déjeuner, la jeune femme avait alors réveillé Corie puis prit une douche. Ils mangèrent ensuite tous les trois, remirent les matelas à leurs places, et partirent en direction de Marseille. Le trajet se passa bien, sans que cela déborde. Sans dire qu'ils n'avaient pas la tête à ça, aucun des trois n'avait eu envie de parler de ce qui s'était passé, ni même de ce qui pourrait se passer par la suite. Ils étaient redevenus professionnels, et leur ébat de la nuit étant une affaire privée, ils roulèrent ainsi juste en parlant de choses et d'autres sans en aborder le sujet. Puis une fois arrivés à l'aéroport, Phileas et Adélaïde enregistrèrent leurs bagages, et quittèrent Corie en lui faisant la bise pour embarquer et décoller.

*

Quelques heures plus tard, les deux époux arrivèrent ainsi à Sienne et une fois les formalités remplies, ils louèrent une voiture et prirent la direction de la maison d'Edmond Thil.

— Tu penses que ton père est là ? demanda Adélaïde.

— Je ne sais pas. Sûrement. J'espère en tout cas. Sinon cela veut dire qu'il est parti en vadrouille à la recherche de maman. Comme on a deux jours de retard, Dieu seul sait ce qui a pu se passer entre temps.

— On va vite être fixés de toute façon, prends là à droite et gare-toi dès que tu peux, lui indiqua-t-elle, le GPS en main.

— Bien.

Phileas tourna à droite à l'intersection et se gara une centaine de mètres plus loin. Puis descendant tranquillement de leur voiture de location, les deux agents passèrent le portail de la propriété du vieux collègue d'Alfred. Tout en sortant leurs armes, Adélaïde sonna et l'homme du club se positionna devant la porte. À peine quelques secondes plus tard, le vieil homme vint pour ouvrir. Phileas donna alors un grand coup de pied dans la porte et ils le braquèrent de leurs armes.

— Que ? Hiro de la…

Phileas le colla contre le mur et posa son canon sur son front avant qu'il n'ait le temps de finir de prononcer son insulte. Le vieil homme se tut.

— Chérie, ferme la porte, tu veux bien ?

— Des Français ? Vous êtes français ? fut-il surpris en vérifiant que son nez n'était pas cassé.

Adélaïde ferma à clé et se retournant, son Walther PPK tendu vers la tempe de l'occupant des lieux, elle lui fit comprendre qu'il n'avait aucune chance.

— Bien, désolé de notre interruption mais j'ai quelques questions à vous poser, commença alors Phileas.

— Bordel, qu'est-ce que vous voulez ?

— On va faire simple, vous avez joint Alfred Collenly il y a deux jours, pourquoi ?

— Quoi ? Bon sang, vous êtes de l'agence c'est ça ? s'étonna Thil.

— Non, du tout…

Phileas décida qu'ils en avaient assez fait, et il rangea son arme. Adélaïde en fit de même, se fiant à son jugement.

— Alfred a disparu, s'exclama-t-elle.

— Comment ça ? la regarda l'homme.

Phileas regarda l'ancien collègue de son père et joua la carte de l'honnêteté.

— Mon père a reçu votre appel et a soudain disparu de la circulation. Nous sommes à sa recherche.

— Votre ? Bon sang, alors c'était vrai, vous êtes Valentin ?

— Oui.

Le vieil homme se dégagea et passa dans le salon, sous le regard constant de Phileas. Mais il ne tenta toutefois rien de suspect. Sortant une bouteille de whisky de son bar, il servit trois verres et les invita à s'assoir.

— Bordel, si j'avais su que je me ferais casser la gueule, je l'aurai envoyée se faire foutre la gamine.

— Comment ça ? Quelle gamine ? demanda Phileas en s'installant.

Le vieil homme trinqua avec eux et s'assit à son tour.

— J'ai reçu un appel de la fille d'un de nos anciens collègues à votre père et moi.

— Oui et ?

— Continuez.

Le vieil homme but une gorgée et les regarda tour à tour.

— Elle m'a annoncé que son père était mort, et qu'il fallait que je passe un coup de fil pour elle.

— Un coup de fil ? demanda Adélaïde en s'installant finalement elle aussi. À Alfred ?

— Oui, elle m'a dit que Dumont lui avait signifié que s'il lui arrivait malheur, elle devait m'appeler pour que je dise à Alfred de la rejoindre, car il avait des informations sur la contesse.

Le sang de Phileas n'en fit qu'un tour.

— Une contesse ? D'ici ? D'Italie ? demanda-t-il avec surprise.

Le vieillard le regarda dans les yeux, et sembla y percevoir l'origine de son affolement.

— Oui, avoua-t-il, oui, c'était bien d'elle qu'il s'agissait. Dumont avait dit à sa gosse de faire transmettre à Alfred qu'il avait des infos concernant votre mère.

Adélaïde regarda Thil avec surprise.

— Vous savez ?

— Qu'est-ce que vous croyez ? rétorqua le vieil homme, j'étais avec lui quand il l'a rencontrée, et j'étais là quand il a commencé à la chercher après sa disparition. Valentina D'Allegra. Une vraie perle cette fille…

— Et cette fille, elle vous a donné des détails, quoi que ce soit ? l'interrogea Phileas.

— Non aucun, annonça-t-il en terminant son verre.

— Et d'où appelait-elle ?

— Du Caire. Dumont s'était installé là-bas.

— Son nom ?

— Della Dumont.

Le vieil homme se leva et les invita à finir leurs verres. Puis il les prit et se rendit vers la cuisine.

— Maintenant je vous invite à partir si vous le voulez bien.

— Une minute, comment saviez-vous que c'est ma mère ? demanda Phileas en se relevant.

— Parce que votre père n'a jamais posé les yeux sur une autre femme ! Alors il n'aurait pas pu avoir un enfant avec quelqu'un d'autre ! Et puis surtout, il nous a écrit quand vous l'avez retrouvé ! parla le vieil homme. Maintenant, foutez le camp !

Quelques instants plus tard.

Adélaïde et Phileas remontèrent en voiture sous le soleil de plomb italien et attachèrent leurs ceintures.

— Tu avais raison, c'était bien à propos de ta mère, déclara Adélaïde en trompant le silence qui s'était installé.

— Oui, maintenant il faut qu'on aille en Égypte.

La jeune femme démarra et prit la direction de l'aéroport.

— Demande à Johns de nous trouver l'adresse de Della Dumont et de son père au Caire, qu'on les ait en arrivant là-bas, ordonna-t-elle à son mari.

— Bonne idée. En espérant que papa ne s'est pas fourré dans la merde.

— Quelle est notre antenne la plus proche ?

— On en a une en Égypte chérie.

— Bien, je vais les appeler, je veux qu'ils nous préparent une voiture.

X

Route du désert, Égypte.

Le soleil était écrasant. Il faisait chaud et il n'y avait aucun nuage pour offrir un instant de répit. Roulant sur un bitume brûlant, Alfred profita du fait qu'il n'y ait pas de voiture immédiatement devant ou derrière lui pour boire un peu d'eau. Saisissant une bouteille aux pieds de Della, il la débouchonna et y but allégrement. Puis, une fois rassasié, il continua à rouler en tâchant d'éviter les nombreux nids de poule qui se présentèrent soudain sur la route. Face à leur nombre il ne put toutefois tous les esquiver et Della se réveilla surprise par le sursaut du véhicule.

— Désolé, je n'ai pas pu l'éviter, s'exclama Alfred.

— Ce n'est pas grave…

La jeune femme se réinstalla et essaya de se rendormir.

— On est encore loin ? demanda-t-elle toutefois les yeux fermés.

— On vient de dépasser Le Caire. On a encore cinq à six cents kilomètres de route.

— D'accord. Si vous voulez que je conduise, dites-le-moi.

— Non ça ira, reposez-vous.

La jeune femme hocha de la tête, reconnaissante, et se rendormit. Alfred reprenant pleinement sa conduite roula ainsi pendant encore près de 120 kilomètres, jusqu'à ce qu'il décide de se garer sur le bas-côté pour faire une pause. Un peu engourdi et fatigué, il sortit alors de la voiture et s'éloigna pour se dégourdir les jambes et boire. Seul, le visage fouetté par le sable et dégoulinant de sueur, il se sentit tout de suite bien, reposé. Alfred aimait l'Égypte. Pas seulement pour son folklore ou ses vestiges mais aussi pour les contrées qu'il voyait à cet instant à perte de vue. Face à l'immensité du désert, il appréciait l'aridité du paysage avec émotion. Les lieux étaient à l'opposé de ses terres d'origine, l'Écosse mais cela lui rappelait de bons souvenirs, notamment son enfance là-bas dans des lands tout aussi difficiles. Tout y était aussi désertique, mais pas dans le même sens, ici la vie y était sèche et ensoleillée alors que chez lui il courait dans des contrées verdoyantes et souvent brumeuses. Mais Alfred y voyait un lien, une connexion qui l'émerveillait sans cesse et lui rappelait de merveilleux moments.

— Merci à vous, prononça Della en arrivant à sa hauteur.

— Encore ? sourit Alfred.

La jeune femme s'étira et fixa l'horizon avec lui.

— Je vous dois beaucoup, je n'aurai pas tenu le coup sans votre aide et votre expérience.

— Ce n'est rien. Votre père en aurait fait tout autant pour mon fils.

Alfred lui tendit la bouteille d'eau et la jeune femme y but plusieurs gorgées.

— Il fait quoi dans la vie ? demanda-t-elle curieuse.

Tout en fixant une dune, le vieux Cavalier rigola nerveusement.

— Oui bon, il n'en aurait pas eu besoin en fait, il est dans l'intelligence lui aussi. Et je dirais d'ailleurs qu'il se débrouille bien mieux que moi.

— On suit tous la route tracée par nos parents, constata Della.

— En effet…

Alfred regarda une dernière fois le paysage magnifique qui lui était donné de voir, puis se décidant à retourner à la réalité, fit demi-tour.

— Je vous attends dans la voiture.

— Je conduirais, annonça la jeune femme.

— D'accord.

Della prit encore quelques instants pour bien se réveiller, puis elle le rejoignit et ils repartirent en direction du site de fouille où travaillait Farouk.

— On devrait y être d'ici le milieu de l'après-midi, calcula-t-elle.

— Espérons qu'il ne lui est rien arrivé.

— Oui, c'est ce que je n'arrête pas de me dire, annonça anxieuse la jeune femme.

— Vous en pensez quoi ? Je voudrais votre avis.

— Comment ça ?

Alfred ne cessait de retourner la question dans sa tête, et il ne voyait pas qu'elle en était la réponse.

— Trois personnes mortes en deux jours, dont deux crises cardiaques confirmées, lui rappela-t-il. Quel est le mode opératoire ?

— Je n'en ai aucune idée.

— Il faudrait qu'on ait le rapport d'autopsie. On en aurait le cœur net, souffla le vieil homme. Vous n'avez aucun ami dans la police ?

— Non, du tout, et vous ? Vous ne pouvez pas passer par vos anciens contacts ?

Alfred fronça les sourcils. Puis il sortit son téléphone portable.

— Peut-être. Je vais tâcher d'appeler Edmond. Il pourra sûrement user de ses relations.

Della regarda son téléphone, surprise, puis le fixa.

— Votre téléphone fonctionne ici ? demanda-t-elle.

— Technologie satellite… je l'ai emprunté à mon fils.

— D'accord. Il le sait ? Parce que sinon il risque de vous suivre par GPS.

Alfred sourit avec espièglerie.

— J'ai dépensé 400 000 euros pour que ma petite fille n'en dise pas un mot à son père et efface les données concernant ce téléphone, il ne sait pas que je l'ai.

— 400 000 euros ? Sérieusement ? fut ébahie Della.

— Elle voulait construire sa maison. J'ai décidé de voir large pour être sûr.

— Tout de même ! Vous êtes Rockefeller ?

— Non, mais mon fils n'en est pas loin. Et il tient à ce qu'aucun de nous ne soit dans le besoin.

— Bon sang…

La jeune femme était médusée. C'était plus que ce qu'elle n'en avait jamais gagné.

— Vous avez le numéro d'Edmond ?

— Oui, regardez dans mon téléphone. Le code est 1256.

Alfred fouilla dans son sac et en sortit son téléphone. Puis il recherCha le contact de son vieil ami et recopia son numéro qu'il appela immédiatement.

— Allo ? Edmond, c'est Alfred ! Ça va ? … Quoi ? Attends une seconde… Quoi ? Oh bon sang ! Oui, oui, je comprends, je suis désolé… Bon, je te revaudrai ça, je te le jure, promis. Écoute, j'ai un service à te demander… Oui je sais qu'il t'a presque pété le nez, tu viens de me le dire, et j'en suis sincèrement désolé… Bon écoute, Thomas s'est fait assassiner, les membres de son expédition tombent comme des petits pains, je suis avec sa fille et elle est certainement sur la liste des prochaines victimes, alors j'ai besoin que tu uses de tes anciens contacts pour avoir le rapport d'autopsie de Thomas, et des professeurs Rembrandt Smith et Philippe Mehmet. C'est très important, j'ai besoin de connaître la toxicologie. Ils sont apparemment morts de crises cardiaques et pour Mehmet je ne sais pas... Le problème c'est qu'on a une bande d'individus armés qui sont aussi supposément à nos trousses et qui ont tenté de nous abattre. Oui... oui, je t'en devrais deux. Bien, tiens-moi au courant quand tu auras les informations, tu peux me joindre sur ce numéro.

Alfred raccrocha et grommela. Les choses se compliquaient.

— Qu'est-ce qui se passe ?

— Mon fils et sa femme ont remonté ma trace malgré mes précautions. Ils ont presque cassé le nez d'Edmond pour savoir où je suis. Ils vont arriver en Égypte incessamment sous peu.

— Et c'est une mauvaise chose, je présume ? s'inquiéta Della.

— Disons plutôt que je ne voulais pas qu'ils soient mêlés à tout ça.

Alfred mit la tête entre ses mains.

— Bon sang, comme s'il ne pouvait pas s'occuper de ses affaires.

— Cela va aller, ce n'est pas si grave, s'exclama Della. Et puis ils pourraient nous aider non ?

— Oui, ou se mettre inutilement en danger vu la situation.

La jeune femme reporta son regard sur la route, gênée et blessée. Elle le prit comme un reproche, comme si elle était une pestiférée.

— Pardon, se reprit rapidement Alfred en comprenant son erreur, ce n'était pas contre vous, mais c'est mon fils et je ne voudrais pas qu'il lui arrive quelque chose.

— Je comprends, pas de soucis.

La jeune femme se sentit toutefois toujours terriblement mal en fixant le bitume face à elle. Elle avait conscience qu'il restait à ses côtés alors qu'elle le mettait en danger et elle s'en sentait coupable. Mais elle était tellement rassurée de pouvoir bénéficier de son aide, tellement soulagée qu'il soit à ses côtés, qu'elle ne voulait pas risquer de le perdre, même si elle ne le connaissait absolument pas. Elle tâcha donc de meubler le malaise oppressant qui s'était installé pour être sûre qu'il ne change pas d'avis.

— Vous pensez qu'il nous retrouvera ? lui demanda-t-elle.

— Vous plaisantez ? ricana nerveusement Alfred. Mon fils serait capable d'arriver à trouver votre petit ami avant nous.

— Il est si bon que ça ?

Le vieil homme regarda la route, songeur, puis il sourit une nouvelle fois.

— On peut dire ça. En tout cas une chose est sûre, s'il est sur nos traces, on va s'amuser.

XI

Le Caire, Égypte.

Adélaïde et Phileas étaient arrivés à destination après un second voyage en avion, ponctuant une interminable succession d'heures perdues en transport et formalités. Épuisés, las, ils avaient donc, une fois libérés de la douane, immédiatement pris la voiture qu'on leur avait réservée, un Hummer tout terrain dernier cri, pour se rendre chez Della Dumont. Arrivés depuis quelques instants déjà chez la jeune femme, ils sonnèrent une première fois à son interphone. Devant l'absence de réponse, ils attendirent alors quelques secondes puis sonnèrent une nouvelle fois.

— Rien, je pense qu'il n'y a personne, s'exclama Adélaïde après une minute en regardant l'intérieur de l'immeuble à travers les portes vitrées.

— Qu'est-ce qu'on fait, on défonce la porte ? demanda presque ironique Phileas.

— Pas très subtile, lui concéda sa femme.

— Bien, allons voir chez son père.

Phileas et Adélaïde retournèrent quelque peu dépités vers leur voiture.

— Tu as l'adresse ? demanda l'homme du club.

— Yep ! s'exclama la jeune femme en montant côté conducteur.

Retirant ses lunettes de soleil, elle abaissa le pare-soleil et démarra le moteur.

— On va contacter l'antenne, il nous faudrait presque un avion, déclara-t-elle avec humour.

— Et transformer ce Hummer en BV, renchérit son mari.

Adélaïde regarda son mari avec une pointe de curiosité.

— Pourquoi tous les véhicules que tu fais construire par ton entreprise et le *Service* sont dénommés BV ?

Phileas sourit. Il balança la tête nerveusement.

— Batman's Vehicles, prononça-t-il.

Adélaïde écarquilla les yeux, mélangée entre la décontenance et l'amusement.

— Tu es sérieux ? Tu te fous de moi ? rigola-t-elle.

— Et les tenues, ce sont des Batman's Suits.

La jeune femme secoua la tête, consternée.

— T'es pire qu'un gamin, franchement !

— Bla-bla-bla, ricana Phileas.

La voiture s'en alla, les deux époux rigolant pour tromper leur agacement de la route, encore, et une vingtaine de minutes plus tard, ils arrivèrent à la demeure de Thomas Dumont et se garèrent devant.

— Ça m'a l'air tout aussi vide, annonça Phileas en descendant de voiture.

— Oui, répondit Adélaïde en le rejoignant sur le trottoir.

Ils s'avancèrent dans le jardin fleuri dont le portail était ouvert et se dirigèrent vers la terrasse.

— J'espère quand même que cette fois c'est bon… Il fait une chaleur ici…

Adélaïde toqua au carreau de la porte.

— Il y a quelqu'un ? demanda-t-elle.

Phileas regarda à l'intérieur par curiosité, puis appuya sur la clenche.

— C'est ouvert…

Les deux agents se regardèrent et sans même se consulter, sortirent leurs armes de leur holster. Aux aguets, entraînés, ils entrèrent alors dans la maison et commencèrent machinalement à checker toutes les pièces du rez-de-chaussée.

— Rien en bas.

— Passons en haut.

Ils montèrent les escaliers et en firent de même au premier étage, quand ils arrivèrent devant la porte du bureau, criblée de balles.

— Tu vois ça ? désigna Phileas.

— M16 ?

— Ceux qui ont tiré n'y sont pas allés de main morte.

Ils entrèrent, vérifièrent partout, puis finirent de checker la maison. Une fois certains qu'elle était vide, ils revinrent alors dans le bureau et examinèrent la pièce.

— Des impacts de balles, mais pas de sang, donc on peut supposer qu'il n'y a eu aucune victime.

— Comment est mort Dumont ? Tué chez lui ? demanda Adélaïde en essuyant un peu son front, couvert de transpiration.

— Renseigne-toi, il faut qu'on reconstitue les faits pour retrouver papa.

Adélaïde acquiesça et passa un coup de fil à Benjamin Johns, chef de la section de recherche. La réponse arriva rapidement.

— Crise cardiaque, retrouvé mort de peur, annonça Adélaïde.

— Signes d'effraction ?

— Non, ni aucune trace d'impacts de balles d'après la police.

— Donc ça a été fait après, réfléchit Phileas. On a tiré à travers la porte vers l'intérieur, pour visiblement tuer quelqu'un, sûrement le vieux…

Il suivit la trajectoire des balles, regarda autour de lui, et revint vers le bureau.

— Il y a un coffre-fort, ouvert, sous la menace, ou volontairement… Je vois des documents épars, les tiroirs sont ouverts… on recherchait quelque chose.

— Oui mais quoi Phileas ? Et qui recherchait ça ? Ton père ? Ceux qui ont tiré ?

Phileas fouilla sur le bureau. Il survola rapidement tous les documents présents et tomba sur une photographie d'un mur couvert de hiéroglyphes.

— Tu as vu ça ? C'est une photo récente, il y a la date dessus. Elle date de l'avant-veille de la disparition de papa. Il y a quatre jours.

Phileas tendit la photo à sa femme et fouilla encore le bureau. Il découvrit alors une feuille sur laquelle on avait noté ce qui semblait être une traduction des hiéroglyphes, recopiés à l'encre.

— « *Quiconque profanera ce tombeau se verra pourchassé par le Pharaon vengeur. Revenant d'entre les morts, il viendra leur ôter…* »

Phileas tenu le texte à côté de la photographie.

— Ce sont les mêmes symboles, c'est bien la traduction… mais elle est incomplète, confirma Adélaïde.

— Et si… ?

— Attends, tu n'es pas sérieux Phileas ? ricana nerveusement sa femme.

Phileas haussa les épaules.

— Pourquoi pas ?

Il fouilla encore dans les documents éparpillés sur le bureau.

— Tu cherches quoi ?

— La photo est récente, la traduction aussi. Dumont était égyptologue, ça se voit à tout ce qu'il y a dans la maison… Il a peut-être pris la photo, car il faisait partie d'une expédition. Ou bien il avait des contacts…

Adélaïde aida son mari à fouiller, puis chercha dans la mallette en cuir posée à côté du bureau. Elle étala son contenu sur le bureau, lut en diagonale chaque feuille et document, quand elle découvrit finalement une autre photographie.

— Voilà, fit Phileas en voyant sa trouvaille. L'expédition dont il faisait partie ! Regarde les hiéroglyphes sur la porte derrière eux, c'est ceux de la photographie… C'est bien ça, c'est son équipe, cela a été pris le même jour.

— Et ça, c'est certainement sa fille, Della, désigna Adélaïde.

— Il faut qu'on retrouve ces gens… rappelle Johns.

Adélaïde appela son agent et mit le haut-parleur.

— *« Quelques news avant que vous ne me le demandiez, j'ai consulté l'antenne égyptienne qui a consulté le rapport préliminaire de police. Dumont est mort d'une crise cardiaque, ça vous le saviez, mais c'est également aussi officiellement le cas pour les professeurs Smith et Mehmet, morts hier et avant-hier d'après la police égyptienne. »*

— Qui étaient-ce ? Ses collègues ? demanda Adélaïde.

— *« Ses collègues dans l'expédition Dumont-Mehmet oui. Pour l'instant on n'en sait toutefois pas plus. »*

— Tu peux nous envoyer leurs photos ? Ceux de tous les membres ? suggéra Phileas.

— « *Vous devriez recevoir ça rapidement sur vos téléphones.* »

L'homme du club consulta son portable et regarda les images qui étaient en effet en train de charger.

— Oui c'est bien eux, répondit-il.

— Il est raisonnable de supposer qu'ils sont tous menacés, et ces impacts de balles le confirment, confirma Adélaïde.

— Oui mais pourquoi des crises cardiaques si les types débarquent avec des M16 ? s'étonna Phileas.

— Tu peux nous obtenir les adresses des autres membres ? demanda Adélaïde à son agent.

— « *Oui, je vous envoie ça... * »

— Parfait !

— Une dernière chose, quelle est l'heure de la mort ? demanda Phileas. Tu peux me la trouver ? Envoie-moi l'info sur mon téléphone.

— « *Bien reçu. Johns terminé.* »

— Tu penses à quoi ? l'interrogea Adélaïde.

Phileas prit les photographies et la traduction, et les agita avec un sourire.

— Depuis combien de temps n'as-tu pas regardé la Momie ? Bon Dieu, il fait chaud. Faut qu'on s'achète des casquettes.

XII

Après une longue route, Alfred et Della arrivèrent trempés de sueur en début d'après-midi sur le site des fouilles où travaillait Farouk. À peine descendue de voiture, la jeune femme courut alors à travers les vestiges jusqu'à son ami pour se jeter dans ses bras. Alfred sortit également de la voiture, mais préféra lui regarder la scène de loin. Sous les yeux étonnés de ses collègues et du chef de projet, il la devina lui raconter son histoire, le décès de son père, leurs péripéties… S'étirant à côté de la voiture, il supposa qu'il valait mieux qu'elle leur explique seule les faits, déjà parce qu'il ne parlait pas égyptien et du coup ne ferait que se tenir bêtement là, mais surtout parce qu'il voulait lui laisser un moment, qu'elle puisse souffler un instant avec son petit ami, sans qu'il ne soit là. À l'écart sous le soleil brûlant, il resta ainsi là durant quelques minutes en espérant que rien n'était arrivé à l'autre membre de l'expédition encore en vie, Senders. Puis lorsqu'elle lui sembla en avoir terminé, il décida qu'il était temps d'intervenir et se dirigea vers eux.

— Bonjour, Alfred Collenly, se présenta-t-il en tendant la main au petit ami de Della et en saluant les autres membres de son projet.

— Farouk Ben Ali, lui répondit en français le jeune homme plein de vigueur en la lui serrant. Enchanté.

Alfred le regarda puis regarda la fille de son ancien collègue.

— Bien, je ne sais pas ce que vous comptiez faire, mais il faudrait trouver Senders et filer d'ici.

— Je…

Le jeune homme hocha de la tête et se tourna vers son chef de projet.

— *Il serait préférable que je parte, je suis désolé, si des hommes en ont après notre expédition, ils savent certainement où je suis et voudront me retrouver.*[3]

— *Oui, vous devriez y aller. Et tâchez de trouver Senders, si Mehmet, Dumont et Smith sont morts, c'est vous les prochains. Della, qu'en dit la police ?*

La jeune femme se tourna vers l'égyptologue.

— *On a été pris de court, on ne les a vus que quand on est arrivés chez Mehmet…*

Le téléphone d'Alfred se mit à sonner, faisant sursauter tout le monde.

— Désolé…

Le Cavalier s'éloigna et répondit.

— Allo ?

— *« Alfred ? C'est Edmond… Toxicologie négative pour les trois, la police classe l'affaire. Ce sont officiellement des crises cardiaques. »*

— Bordel… merci.

Alfred raccrocha et se tourna vers Della et Farouk.

— Toxicologie négative, la police ne fera rien, pour eux ce sont des crises cardiaques.

— Quoi ? s'indigna Della.

— *Quoi ? Qu'est-ce qu'il y a ?* demanda le chef de projet.

---

[3] Traduit de l'égyptien.

134

Farouk lui traduisit.

— *La toxicologie indique qu'ils n'ont pas été drogués, ils seraient bien morts de crise cardiaque. Du coup la police ne va pas enquêter.*

— *Quoi ? Même si trois membres de la même expédition sont morts de crises cardiaques en deux jours ?*

— *Il semblerait, mais on est pressés par le temps, il faut qu'on fasse sans eux !* s'exclama la jeune femme.

— Della, on devrait y aller !

Elle se tourna vers le Cavalier, et hocha de la tête, consciente que l'heure tournait.

— *Prends tes affaires, on va y aller !* prononça-t-elle rapidement à son petit ami.

Farouk acquiesça et tandis qu'Alfred retourna au véhicule, il partit faire son sac. Celui-ci prêt, Della le prit alors par la main et ils saluèrent tout le monde.

— Il faut qu'on retrouve Senders, annonça Alfred assis à l'arrière tandis qu'ils s'installaient. Avant qu'il ne soit trop tard pour lui.

Prenant le volant, la jeune fille approuva sa suggestion.

— *Farouk, tu as une idée d'où trouver Senders ?* lui demanda-t-elle machinalement en égyptien.

— *Probablement dans un bar ou un club !* répondit sarcastique son petit ami.

— *Où ?*

— *Je ne sais pas, à Alexandrie ? Au Caire ?*

— *Okay.*

— Alors ? demanda Alfred.

— On va aller dormir chez Farouk, et demain on tachera de trouver Senders, lui répondit Della. Il doit peut-être être à Alexandrie.

— Bien, okay.

Alfred s'enfonça dans son siège. Ils passaient leur temps sur les routes, donc au moins ils ne risquaient rien durant ce temps. Mais c'est quand ils seraient chez Farouk que cela sera plus compliqué.

— Il faudra qu'on prenne un hôtel, suggéra-t-il. Pour qu'on ne puisse pas nous retrouver. Ce serait mieux que de dormir chez Farouk. Ce sera plus sûr.

— Je ne suis pas sûre qu'on en trouve un en arrivant. Mais oui, ce sera sûrement mieux, déclara Della, vous avez raison.

— Il faudra quand même passer chez moi, s'exclama Farouk, j'ai peut-être le numéro de Senders dans mes papiers.

— D'accord. On en a pour combien de temps ?

— Farouk habite au Caire, répondit la jeune femme.

— Bon sang…

— Oui, désolée.

Alfred s'enfonça dans son siège, fatigué. Il leur faudrait un avion. Et il faisait de plus en plus chaud, il était trempé, c'était horrible.

*

Plusieurs heures plus tard.

Alfred, Della et Farouk arrivèrent chez Farouk en début de soirée. Lessivés, épuisés d'une journée passée sur les routes, le Cavalier et la jeune femme surtout n'avaient qu'une envie, se reposer. Mais ils ne pouvaient se permettre de rester trop longtemps. Ils venaient juste pour voir si Farouk avait le numéro de Senders et repartiraient le plus vite possible pour trouver un hôtel. Toutefois, lorsque Della se mit à bailler pour la troisième fois en une minute, Alfred décida de prendre sur lui. Soufflant de dépit, il s'assit sur le canapé.

— Laissez tomber la recherche du numéro. Ce sera pour demain. On va rester ici, vous allez vous reposer et je monterai la garde, déclara-t-il.

Se tournant vers lui, Della fut surprise.

— Vous êtes sûr ? demanda-t-elle hésitante.

Alfred sortit son arme de son sac. Ils avaient besoin de repos. Reprendre la voiture pour partir trouver un hôtel... Ils étaient bien assez fatigués pour ça. Et lui-même il se l'avouait avait besoin de se reposer au moins un peu, il n'y tenait plus.

— Il n'y a qu'une seule entrée et le couloir est étroit. Je vais barricader la porte et je la surveillerai.

La jeune fille acquiesça de la tête.

— Merci.

S'avançant vers lui elle lui déposa une bise sur la joue. Elle ne savait vraiment pas ce qu'elle aurait fait sans lui. Il était un peu comme son ange gardien.

— Dès que je me réveille, on partira ailleurs, d'accord ? lui promit-elle.

Alfred approuva de la tête et lui souhaita une bonne nuit. Tombante de fatigue, Della partit alors se coucher dans la chambre de Farouk. Se glissant sous les draps, elle s'endormit presque instantanément, épuisée. Aidé du jeune homme, le Cavalier déplaça quant à lui rapidement une commode devant la porte d'entrée pour la bloquer puis s'installa les yeux tournés vers elle. Plaçant son arme sous son oreiller il salua ensuite Farouk qui partit rejoindre Della, et somnolant, il se laissa peu à peu aller lui aussi au sommeil.

Mais alors qu'Alfred dormit paisiblement, les deux jeunes gens firent eux des rêves sombres. Peut-être était-ce dû à toute cette sordide histoire, à ces morts et aux souvenirs de la tombe qu'ils avaient explorée encore tout récemment, mais leur sommeil ne fut pas tranquille. C'était anodin au début. Ils s'agitaient simplement en dormant. Puis petit à petit ils se retournèrent sans cesse, transpirant, marmonnant indistinctement durant leurs rêves. Ils se sentirent comme poursuivis par une créature jamais visible, jamais présente mais toujours palpable du bout des doigts, du bout des sens… Ils transpirèrent de peur, leurs visages s'étirant dans des rictus de frayeur, la chair de poule glissant le long de leur échine pour hérisser leurs poils, les frissons glaçant leur sang et une image noyant leur esprit, chaque instant plus puissante, chaque instant plus forte, et désormais vivace au point de leur apparaître comme un appel. Tel un phare émettant une ombre dans leur esprit, créant une zone de doute et de peur, toujours plus grandissante, toujours plus horrifiante, cette impression rongea leur esprit jusqu'à ce qu'elle l'englobe entièrement. Ils étaient poursuivis et ils ne pourraient pas échapper à la mort.

Della et Farouk se réveillèrent en sursaut au même instant en poussant un cri d'effroi d'une seule voix. Une plainte effrayante et inhumaine s'était fait entendre dans leur esprit, les tirant à la réalité avec horreur. Quelques secondes plus tard, Alfred arriva l'arme au poing.

— Plus un geste ! s'écria-t-il.

Terrifiés, les deux jeunes gens levèrent les mains, encore sous l'émotion de leur cauchemar, puis réalisant que ce n'était que le vieil homme, baissèrent les bras.

— C'est nous, s'exclama Della encore haletante.

Alfred rangea son arme.

— Bon sang, vous m'avez fait peur, j'ai craint le pire ! annonça-t-il rassuré.

— Oui, je suis désolée, reprit son souffle Della, j'ai fait un horrible cauchemar.

Haletante, elle tenta de reprendre ses esprits.

— Moi aussi, s'exclama Farouk. Bordel, j'ai eu peur.

Alfred fronça un sourcil. Della regarda son compagnon avec suspicion.

— Quel genre de rêve ? demanda Alfred inquiet. Décrivez-le-moi.

— Quoi ? demanda Farouk.

— Dites-moi de quoi parlait votre rêve.

— Je ne sais pas, c'est flou. C'était plus une impression qu'un rêve en fait, comme si une immense ombre m'entourait, j'étais dans les ténèbres et il y avait quelque chose derrière, que je n'arrivais pas à percevoir, je pouvais la sentir mais je ne sais pas ce que c'était... Et j'ai eu l'impression que soudain des doigts glacés me touchaient alors qu'une voix inhumaine criait de douleur, et je me suis réveillé. Bon sang, j'ai cru que j'allais mourir.

Della regarda son petit ami effrayée, puis regarda Alfred.

— Je... j'ai fait le même rêve, exactement pareil.

Elle chercha dans les yeux du vieil homme et de Farouk une explication qu'elle ne trouva pas.

— Qu'est-ce que cela signifie ? s'affola-t-elle. Qu'est-ce que ça veut dire ?

XIII

Phileas et Adélaïde étaient passés chez Farouk Ben Ali dans l'après-midi, mais il ne semblait pas être chez lui. Interrogeant une voisine, ils apprirent qu'il était parti faire des fouilles. Ils se tournèrent donc vers l'autre membre de l'expédition encore en vie, le docteur Senders. Mais lui non plus n'était pas chez lui. Dépités, fatigués, les deux époux se retrouvaient donc dans une impasse, ne sachant quelle piste suivre. S'arrêtant à un snack, ils décidèrent donc de faire une pause le temps de réfléchir un peu et de se reposer.

— Tu en penses quoi toi ? demanda Phileas à sa femme tout en mangeant.

— Je ne sais pas. La logique voudrait que ton père soit avec la fille et qu'ils essayent de contacter les autres membres de l'expédition encore en vie. C'est ce que je ferais. C'est ce qu'Alfred ferait.

Phileas approuva et ressortit de sa poche la photo des membres de l'expédition pour la regarder.

— Tu as vu ça ? C'est Farouk Ben Ali lui c'est ça ? lui demanda-t-il en désignant le jeune homme sur le cliché.

— Oui, et ?

— Je ne l'avais pas remarqué avant, mais ils ont l'air très proches tous les deux avec Della Dumont, tu ne trouves pas ?

Adélaïde regarda les deux jeunes gens sur la photographie en terminant d'avaler sa bouchée.

— Mouais, ils le sont tous, je ne vois pas ce qui te ferait penser ça.

Phileas regarda à nouveau la position des deux jeunes gens et leur langage corporel.

— Chérie, on couche régulièrement avec ta meilleure amie, avec une collègue et c'est bien parti pour être le cas avec ma secrétaire, et peut-être même Céline. Crois-moi, je sens quand les gens sont proches.

Adélaïde croqua dans son sandwich et regarda son mari songeuse.

— Tu as envie de le faire aussi avec Céline ? demanda-t-elle.

— Oui, fit Phileas en regardant toujours attentivement la photographie.

La jeune femme sembla intriguée.

— Je peux te poser une question ?

— Bien sûr.

Adélaïde regarda Phileas avec une pointe de curiosité.

— Si Jean était encore vivant, tu aurais couché avec elle ?

Phileas posa la photographie, s'enfonça dans son siège, but une gorgée de son eau, avala une bouchée de son hamburger, puis regarda sa femme avec sérieux.

— Je ne sais pas. Si Jean n'était pas morte, tout aurait été différent. On n'aurait peut-être jamais découvert l'*Organisation*, *D* ne serait pas morte, les enfants n'auraient pas été enlevés… Je ne sais pas du coup si on aurait eu toutes ces liaisons. Mais si cela avait été le cas, qu'on couchait avec Chloé, et que Jean s'était retrouvée impliquée, peut-être, sûrement oui, même si cela nous serait bizarre.

— Vous vous considériez comme frère et sœur non ?

— Oui. Du coup on aurait été gênés, du moins au début…

Adélaïde sourit nerveusement. Elle passa la main dans ses cheveux et regarda son époux avec interrogation.

— On couche avec plein de filles, je trouve ça cool, j'adore ça ! Et je sais que toi aussi, mais je peux te poser une autre question ?

Phileas se pencha vers elle. Il approcha son visage très près du sien.

— Oui, bien entendu. Je suis ton mari.

— Tu veux faire quoi, quand on retrouvera les enfants ? demanda-t-elle.

Phileas la regarda dans les yeux, toujours aussi amoureux qu'au premier jour. Et il en était certain, totalement sur la même longueur d'onde qu'elle.

— Je veux qu'on arrête, annonça-t-il. On a utilisé notre chagrin comme excuse, pour satisfaire notre envie, nos besoins de sexe, mais soyons franc, on aime tous les deux ça. On est drogués à ça. Mais lorsqu'on retrouvera les enfants, je veux qu'on redevienne une famille normale.

Adélaïde lui adressa un sourire. Il plongea dans ses yeux bruns et admira sa magnifique chevelure, son nez fin et ses lèvres d'un beau rouge. Elle, elle sombra comme au début pour son regard perçant et son beau visage.

— On est pareil, sourit-elle.

— Tu veux dire, amoureux, totalement drogués au sexe et désireux de sauter toutes les jolies filles qu'on voit ?

— Ça, et le reste !

Adélaïde passa sa main dans les cheveux de Phileas et l'embrassa langoureusement. Puis son téléphone sonna. Elle le prit et décrocha.

— *M*, je vous écoute.

— *« Bonjour madame, Mehemet à l'appareil. Conformément à vos ordres, nous avons placé deux hommes en faction devant la demeure de chacun des membres de l'expédition. Nous avons également consulté les rapports de police plus attentivement, et il s'avère que Della Dumont avait passé l'appel à la police concernant le professeur Mehmet, qui était au téléphone avec elle quand il eut son attaque. Elle est arrivée sur les lieux une heure plus tard, avec un homme caucasien assez âgé et français, un certain Thomas Litz. »*

Adélaïde regarda Phileas.

— Bien merci, vous auriez autre chose ? Des informations concernant le lieu de fouille où se trouverait Farouk Ben Ali ?

— *« Non pas encore, mais on vous tient au courant quand on a du neuf et s'il y a une quelconque activité aux demeures des archéologues. »*

— Parfait, merci.

Adélaïde raccrocha et regarda son époux.

— C'était l'antenne locale. Della Dumont et ton père sous le nom de Thomas Litz ont contacté la police pour signifier que Mehmet était mort et étaient sur les lieux une heure après.

— C'est une de ses fausses identités oui, approuva Phileas.

— L'antenne a placé des hommes devant la demeure de chacun des membres de l'expédition. Ils nous signaleront toute activité. Pas d'informations sur le lieu de fouilles.

— Du coup on fait quoi ?

Adélaïde regarda son mari avec la même pointe de frustration dans le regard.

— On attend, on n'a pas le choix, on n'a pas d'autre piste. Si ?

L'homme du club fit une boule avec l'emballage de son hamburger et jeta le détritus dans la poubelle non loin.

— Trouvons-nous un hôtel, reposons-nous jusqu'à en savoir plus.

— Bonne idée, je suis crevée, avoua Adélaïde. La route et l'avion m'ont lessivée. Un bon bain me ferait du bien.

Phileas jeta ses détritus dans la poubelle et la prenant par la taille, ils partirent jusqu'à leur voiture. S'octroyant le droit de se reposer, ils recherchèrent alors rapidement un hôtel.

— On peut prendre un hôtel de luxe ? demanda Adélaïde en le regardant conduire.

— Yep, bien sûr, pourquoi se priver ?

Phileas conduisit durant le trajet, jusqu'à ce qu'ils trouvent un quatre étoiles en centre-ville. Se présentant au guichet, ils louèrent alors une suite pour deux pour trois jours et demandèrent à ne pas être dérangés. Ils montèrent ensuite dans ladite suite et reportant le bain moussant à plus tard, ils s'allongèrent pour dormir, totalement rattrapés par la fatigue.

*

Ils se réveillèrent vers 19h. N'ayant pour le moment aucune information sur laquelle se baser pour avancer dans leurs recherches, Phileas décida de préparer un bain moussant pour sa femme. Cela lui ferait du bien, et cela leur permettrait de rattraper le temps perdu. Faisant ainsi couler l'eau dans l'immense baignoire de la chambre, il la fit patienter en lui faisant un massage intégral du corps. Commençant par le cuir chevelu, il descendit dans sa nuque, ses épaules, son dos puis ses fesses, ses jambes et ses pieds avant de s'attaquer en remontant à son ventre, sa poitrine, ses bras et ses mains. Bien qu'ils en aient tous les deux pour ainsi dire presque constamment envie, il ne se passa rien alors qu'il lui massa les fesses et l'entrecuisse, ou qu'il passa un doigt entre ses lèvres et sur son clitoris. Il en fut de même lorsqu'il passa longuement les mains sur ses seins. Il ne s'agissait que d'un massage généreux d'un époux à sa femme, seulement long d'une vingtaine de minutes mais visant à la relaxer et lui faire du bien. En y repensant, Phileas réalisait qu'ils n'avaient vraiment pas eu de répit ces derniers temps. Entre le meurtre des Reines[4] qui avait accaparé toute leur attention il y a encore quelques jours, puis l'enterrement et enfin la disparition de son père, ils avaient constamment été sur le qui-vive. C'était un mois de novembre chargé. Ils avaient très peu dormi et il sera bien content quand tout cela sera enfin terminé.

Lorsque la baignoire fut entièrement remplie, Phileas invita sa femme à s'y plonger et tandis qu'elle attacha sa longue et volumineuse chevelure en un chignon haut, il se glissa déjà à l'intérieur.

— Bon Dieu cela fait un bien fou, s'exclama Adélaïde en plongeant son corps dans l'eau.

Phileas acquiesça, savourant lui aussi la bienfaitrice chaleur de l'eau.

— Oh oui…

Les deux époux se retrouvèrent immergés jusqu'aux épaules, une belle mousse blanche recouvrant toute la surface de la baignoire.

— Ça plus le massage, tu sais quoi ? On devrait faire ça plus souvent, s'autoriser des goûts de luxe, avoua Adélaïde.

— Prendre un hôtel tu veux dire ?

— Non, pas forcément, mais simplement se reposer, se détendre.

---

[4] Voir tome précédent.

— On devrait refaire la salle de bain en empiétant sur la chambre d'à côté.

— Que voilà une bonne idée chéri.

Les deux époux fermèrent les yeux et savourèrent leur bain.

— Tu trouves qu'on couche trop à plusieurs ? demanda Phileas.

— Comment ça ?

— Je ne sais pas, tu as l'impression qu'on ne couche pas assez ensemble juste tous les deux ?

Adélaïde rouvrit les yeux et regarda son époux.

— Pas spécialement, on couche souvent ensemble rien que tous les deux non ? Bon, c'est vrai qu'on fait souvent nos soirées à plusieurs, mais pas que. Regarde, avant-hier encore on a fait ça que tous les deux.

— Oui, c'est vrai.

Adélaïde sourit, et quitta son côté de la baignoire pour venir à côté de lui.

— Ne t'inquiète pas, tout cela me plait aussi. Et j'avoue que j'ai même hâte de recommencer. Coucher avec Corie, Chloé, Bella, j'aime ça, j'aime cette sorte de relation libre qu'on a. Et franchement, j'adorerai te voir coucher avec Céline.

— Ah oui ? À ce point ? demanda Phileas.

La jeune femme le regarda avec malice et hocha la tête. Se redressant, elle prit alors appui sur le rebord de la baignoire, la mousse et l'eau ruisselant de son corps sur le carrelage et relevant les fesses en arrière, lui tendit sans gêne son sexe parfaitement épilé.

— Devine à quel point l'idée m'excite.

— Mmmh, intéressant, s'exclama Phileas en se redressant à son tour, le sexe se gorgeant rapidement de sang.

Il se pencha sur Adélaïde, et prit son sein gauche encore couvert de mousses dans sa main tout en se dirigeant en elle. Il rentra entre ses cuisses comme dans du beurre.

— Tu sais ce que j'aime le plus quand je suis avec toi, annonça la jeune femme tandis qu'il prit son deuxième sein en main et commença des va-et-vient vigoureux.

— Non, je t'écoute.

— Le fait que tu… oh bon sang… le fait que tu saches pertinemment ce dont j'ai besoin.

Alors qu'ils projetèrent de l'eau et de la mousse sur le sol aux alentours, les deux époux firent l'amour en changeant de position plusieurs fois. Phileas fut particulièrement excité à l'idée de voir ses tétons d'un rose tranchant avec sa peau et la mousse, et qui plus est galvanisé par ses cris, il n'en fut que plus dur, ce qui ravit Adélaïde au plus haut point dans un cercle vicieux qui dynamisait régulièrement leurs ébats. Elle aimait son physique, ses muscles, sa beauté, mais dans ces moments-là, ce qu'elle aimait c'était sa raideur. Elle aimait quand il malmenait durement ses chairs tout autant qu'elle aimait son machisme au lit, quand il la dominait elle ou les autres. C'était quelque chose qu'elle adorait, qu'elles soient ses petites soumises. C'était pour elle une addiction tout aussi importante que le sexe en lui-même. Elle aimait le voir avec leurs amies et collègues parce qu'elle adorait le voir les soumettre. C'est pour cela que la veille, bien qu'elle aurait adoré l'idée qu'il souille Corie, elle avait préféré qu'il éjacule sur leurs visages. Parce qu'elle était encore plus excitée par l'idée qu'il ne les asservisse et les humilie. Bien entendu, leur complicité se faisait de ce fait parce qu'il adorait cela lui aussi. L'alchimie entre eux était parfaite. Tous les deux se complétant dans leurs désirs et besoins, et tous les deux étant attirés par les femmes. Et ils avaient beau avoir mis du temps à se l'avouer, à le vivre pleinement, cela ne faisait que confirmer qu'ils étaient deux âmes sœurs faites l'une pour l'autre.

Ponctuées de cris explicites d'Adélaïde, leur rapport dura encore plusieurs minutes particulièrement intenses. Phileas était ainsi, au bord de l'explosion, sur le point d'éjaculer en elle, quand malheureusement le téléphone portable d'Adélaïde se mit à sonner.

— Bon sang, lâcha-t-il déçu.

— Continue, lui ordonna Adélaïde, j'irai décrocher !

Toujours installée sur lui, elle accentua la pénétration en se tenant à son cou et tandis que le téléphone sonna toujours, Phileas s'exécuta et reprit frénétiquement son va-et-vient les quelques secondes qu'il lui fallait pour jouir. Adélaïde poussa alors un long cri de jouissance en savourant la décharge qu'elle reçut, les yeux toujours fermés, puis après encore quelques secondes, elle se leva hâtivement et sortit de l'eau pour aller prendre son portable. Phileas la suivant du regard se complut de son orgasme et admira la mousse glisser de ses superbes fesses sur ses jambes jusqu'au sol.

— Allo ? parla-t-elle en prenant l'appel au bord du lit.

Phileas l'admira, amoureux de sa femme, la dévorant du regard. Elle était nue, mouillée, encore couverte à certains endroits de mousse, son immense tatouage tranchant avec la blancheur de celle-ci, et il venait de lui faire l'amour. C'était un corps de rêve, une vision de rêve.

— Oui, d'accord, s'exclama-t-elle.

Adélaïde passa machinalement deux doigts entre ses jambes pour récupérer le sperme chaud et visqueux de son mari s'écoulant de son vagin et le porta à sa bouche pour l'avaler.

— C'est parfait, merci.

La cheffe du *Service* raccrocha, et revenant vers son époux, elle lui fit face, lui offrant la vue de son sexe aussi doux qu'à son premier jour sur terre et duquel s'échappait encore sa semence. Passant encore une fois par habitude sa main entre ses cuisses elle la recueillit pour la porter à ses lèvres, et après l'avoir avalé, elle lui fit part des nouvelles informations.

— Il y a de l'activité dans l'appartement de Farouk Ben Ali. Les agents en poste signalent de la lumière.

XIV

Farouk, Della et Alfred buvaient un café à la table de la cuisine. La mine déconfite, le regard vide, incertains de ce qui leur arrivait, les deux jeunes gens étaient démunis, perdus. Loin d'être joyeux, ils étaient totalement décontenancés. Comment croire à toute cette affaire ? Ils avaient fait le même cauchemar, au même moment. Leurs collègues, son propre père, étaient morts à 24 heures d'intervalle, tous les trois en deux jours.

— C'est un cauchemar, c'est horrible, répéta Della en se frottant le visage, comment c'est concevable ?

Elle sortit la tête de ses mains, respira un grand coup, et regarda Alfred.

— On est maudit c'est ça ?

Le vieux Cavalier ne dit rien. Il les regardait tous les deux, comme pour les jauger, évaluer leur état, leur vie… Au bout d'un temps, il se risqua toutefois à émettre un avis.

— Si l'on suit la logique de notre affaire, l'un de vous trois, les trois survivants, va mourir ce soir, et ainsi de suite jusqu'à samedi. D'une crise cardiaque. Effroyable, à ce que l'on sait. Vous allez tous mourir d'une peur indescriptible. Maintenant, par quel mécanisme, à cause de qui, quoi, je ne le sais pas. Tout ce que je sais, c'est qu'en plus de cela, des hommes armés en ont après vous, pour une raison quelconque. Ou tout du moins, ils en avaient après votre père visiblement Della.

— Tout cela est du pur délire, s'exclama Farouk.

Il se frotta les yeux, n'arrivant toujours pas à y croire. Il se resservit du café et en but une gorgée.

— C'est insensé.

Il recommença à boire, quand son téléphone portable sonna soudain. Se levant, il le prit et se rassit.

— Farouk oui ? répondit-il.

— *« Allo, Farouk ? C'est Ethan, tu vas bien ?[5] »*

— *Ethan ? Tu es où bon sang ? Tu sais ce qui est arrivé aux autres ?*

Alfred les interrogea du regard, et Della lui chuchota qu'il s'agissait de Senders.

— *« Oui, j'ai appris, c'est pour ça que je me suis caché. J'ai peur pour ma vie. Mais il faut qu'on se voit, j'ai quelque chose à vous dire. Tu es avec Della ? »*

— *Oui elle est avec moi. Comment ça ? Qu'est-ce qui se passe ? Tu sais quelque chose ?*

— *« Je pense que c'est mieux que je vous le dise de vive voix. Venez me rejoindre chez ma copine. Tu te souviens d'où elle habite ? »*

— *Oui, bien sûr !*

— *« Bien, alors je vous attends ! Ne tardez pas. »*

Sur ces mots obscurs, Senders raccrocha et Farouk regarda son téléphone avec scepticisme.

— Il veut qu'on le rejoigne chez sa copine, il a des faits à nous révéler.

— Bien, on y va alors, ordonna Alfred en se redressant, ne perdons pas de temps. Mieux vaut que vous soyez tous réunis.

Della se redressa et le regarda inquiète.

---

[5] En égyptien.

— Vous pensez que c'est la meilleure idée ? On ne risque pas de tous se faire tuer ensemble si on fait ça ?

Alfred la regarda, et la prenant par les épaules, tenta de la rassurer.

— Della, il faut que vous soyez fort, mais surtout il faut qu'on puisse vous protéger et en savoir plus.

La jeune femme hocha de la tête.

— Oui, oui, vous avez raison…

Elle tâcha de se ressaisir et partit rapidement se préparer. Alfred regarda autour de lui s'il n'avait rien à prendre, quand il observa machinalement par la fenêtre. Ses vieux réflexes lui indiquèrent immédiatement que quelque chose n'allait pas.

— Allumez toutes les lumières, demanda-t-il.

— Quoi ? s'étonna Farouk.

— Il y a une voiture dehors, avec deux personnes à l'intérieur. Vous laissez toutes les lumières allumées et on va sortir discrètement par le garage.

— Que…

Della revint dans la cuisine et regarda par la fenêtre.

— Non, non, ils risqueraient de comprendre qu'on les a vus, allez, préparez-vous ! On ne repassera pas par ici.

Alfred l'amena dans le salon, récupéra son arme et celle de Dumont et revenant prendre une bouteille d'eau fraiche dans le frigo, les mit dans son sac. Quelques minutes plus tard, les trois fugitifs sortirent de l'appartement et descendirent rapidement par l'escalier.

— Ils ne risquent pas de nous repérer si on prend la voiture ? demanda Farouk.

— On va courir le risque.

Arrivant dans le garage, les trois fugitifs montèrent dans la voiture du jeune homme. Là, Alfred installé au volant ouvrit alors son sac. Fort de son temps à la DGSE et de son travail de Cavalier, il en extirpa un sachet plastique. L'ouvrant, il en sortit alors une postiche de barbe et en se regardant dans le rétroviseur, la fixa à son visage.

— Vous pensez que cela va marcher ? l'interrogea Farouk.

Le vieil homme satisfait de son nouveau visage mit alors une paire de lunettes à monture noire sur son nez.

— Croyez-moi, si on s'attend à voir sortir deux jeunes gens et un vieil homme, personne ne remarquera un homme à barbe quittant le garage.

Alfred approuva les modifications rapides de son visage, démarra la voiture, et sortant lentement du parking souterrain alors que Farouk et Della se couchèrent pour ne pas être vus, il roula devant la voiture suspecte garée sur le côté et prit la direction de l'appartement de la copine du docteur Senders. Une centaine de mètres plus loin, après avoir vérifié dans son rétroviseur que la voiture n'avait pas bougé, il autorisa les deux jeunes gens à se redresser.

— C'est bon, vous pouvez vous relever.

Farouk et Della s'exécutèrent et regardèrent en arrière.

— On est à combien de temps de chez cette fille ? demanda Alfred.

— Une dizaine de minutes, je dirais, répondit Farouk.

— Bien. Faisons vite.

XV

Adélaïde et Phileas se garèrent devant chez Farouk Ben Ali. Sortant du Hummer, ils traversèrent la route et rejoignirent leurs deux agents postés en face de l'immeuble.

— Alors ? demanda la jeune femme.

Les deux agents sortirent de leur véhicule.

— Bonsoir Madame. Aucune activité particulière depuis une quinzaine de minutes, annonça le premier. Ils étaient dans la cuisine puis ont allumé les lumières du salon et de la chambre et depuis plus rien.

Phileas regarda au cinquième étage l'appartement du jeune homme, et fronça les sourcils.

— Attitude bizarre, déclara-t-il.

— Comment ça ? l'interrogea Adélaïde.

— Venez, on va voir, répondit-il juste.

Accompagnés des deux agents de l'antenne locale, les deux époux entrèrent sur leurs gardes dans l'immeuble.

— *M*, vous et…

— Hassan, se présenta l'agent désigné.

— Merci. Vous et Hassan, prenez l'ascenseur, nous on prendra l'escalier ! ordonna Phileas.

— Bien.

— D'accord.

Ils s'exécutèrent et se séparèrent, armes au poing.

— Vous vous appelez comment ? demanda l'homme du club à son confrère.

— Bahri monsieur.

— Vous êtes agents depuis longtemps ?

— Cinq ans.

Les deux hommes montèrent rapidement les escaliers tout en restant sur leurs gardes à chaque étage.

— Monsieur, je dois vous le dire, c'est un honneur de vous rencontrer, s'exclama Bahri.

— Tout le plaisir est pour moi, mais je ne suis pas si exceptionnel.

— Si, j'ai eu l'occasion de lire vos états de service. Et je tenais à vous dire à quel point je suis désolé pour vos enfants.

Phileas s'arrêta quelques instants, et regarda l'agent. Il fut quelque peu pris au dépourvu par cette remarque mais tenta de cacher son ressenti.

— Merci, formula-t-il juste.

Ils continuèrent à monter les marches et arrivèrent au cinquième étage. Ils se rendirent alors jusqu'à l'appartement de Farouk Ben Ali. Mais la porte en était déjà grande ouverte et Adélaïde et Hassan déjà à l'intérieur vérifiaient chaque pièce.

— C'est vide, ils sont partis, s'exclama la jeune femme irritée en revenant vers son époux.

Phileas rangea son arme.

— Bordel, où est-ce qu'ils sont passés ?

— Je suis désolé, déclara Hassan mal à l'aise. Ils ont dû échapper à notre vigilance.

— Ce n'est pas grave, répondit Phileas ennuyé. Ça arrive, surtout quand l'un d'entre eux est un putain d'ancien agent de la DGSE.

Il regarda partout autour de lui, tâchant de calmer sa rage en examinant les lieux.

— Peut-être qu'ils ont pris une autre voiture ? suggéra Bahri tout aussi gêné que son collègue. La voiture avec laquelle ils sont arrivés n'est pas ressortie, mais il y en a une qui est partie il y a une quinzaine de minutes.

— Allons voir au garage, s'exclama Phileas.

Ils sortirent de l'appartement et prirent l'ascenseur.

— Je suis vraiment désolé, s'excusa encore Hassan. On a bâclé notre travail.

— Je serais tenté de vous engueuler, lui répondit Adélaïde énervée, mais ce serait une perte de temps.

Phileas et Adélaïde n'en dirent pas plus. Ce n'était pas une mission compliquée pourtant de surveiller un appartement. Ils étaient furieux. Et Bahri et Hassan le sentaient bien.

— Comment était le conducteur de la voiture partie il y a un quart d'heure ? demanda Phileas.

— Une seule personne à bord, un homme, avec une barbe et des lunettes noires. La voiture était une Opel cinq portes de couleur verte.

Ils arrivèrent dans le garage, et cherchèrent des yeux la voiture dans laquelle Alfred, Della et Farouk étaient arrivés.

— Voilà, c'est celle-là, on avait vérifié, elle est immatriculée au nom de Della Dumont, s'exclama Hassan en désignant la voiture de la jeune femme.

Phileas réfléchit au quart de tour. Il eut une idée pour compenser l'incompétence apparente des deux agents et se tourna vers sa femme pour lui en faire part, mais elle avait déjà pris son téléphone.

— Allo, monsieur Mehemet ? demanda-t-elle. Il me faut l'immatriculation et la description de la voiture de Farouk Ben Ali. Si elle est équipée d'un GPS, je veux savoir où elle est actuellement.

— « *Croyez-le ou non, on avait déjà récolté ces informations. C'est une Opel verte de 2010 immatriculée 935 GLD. Oh... en effet, la voiture est en déplacement. Je vous envoie son parcours sur votre téléphone.* »

— Parfait, merci.

Adélaïde raccrocha et regarda son époux.

— Alors ? demanda-t-il.

— La voiture est en train d'être utilisée.

Ils retournèrent vers l'ascenseur et Adélaïde appuya sur le bouton pour l'appeler.

— Restez en faction ici messieurs, retournez à votre voiture, ordonna-t-elle à Hassan et Bahri.

— Bien madame.

— Oh, et bon boulot quand même, désolée de m'être emporté. Il a réussi à nous tromper, nous aussi, déclara-t-elle finalement à ses agents, alors ne vous en voulez pas trop.

XVI

Le docteur Ethan Senders ouvrit la porte, invita rapidement Farouk, Della et Alfred à entrer et referma immédiatement à clé derrière eux. Leur faisant face, la mine lui aussi déconfite, les traits tirés et des cernes prononcés sous les yeux, il leur apparut tel un cadavre, apathique, totalement négligé et épuisé. Il semblait ne pas avoir dormi depuis des jours et être à deux doigts de tomber de fatigue. Il était réellement dans un piteux état.

— Mon Dieu, ça va ? demanda Della en voyant son collègue de la sorte.

Senders ne lui répondit pas. Il prit simplement la direction du salon, s'assit à la table et se resservit du Whisky. Intrigués et inquiets, ses collègues et Alfred le suivirent alors et s'installèrent à ses côtés.

— Ethan ? Qu'est-ce qui se passe ? demanda Farouk.

Buvant tout le contenu de son verre, le docteur ne répondit toujours pas. Mais les trois nouveaux arrivants n'étaient pas dupes, il cherchait à noyer sa peine dans l'alcool. Tandis qu'il se resservit, Alfred prit la bouteille et lui retira son verre des mains.

— Je pense que vous en avez assez pris docteur.

Senders regarda dans les yeux cet homme qu'il ne connaissait pas, et comme rattrapé par sa douleur, il fondit soudain en larmes.

— Je suis désolé, je suis tellement désolé, s'exclama-t-il.

Plongeant sa tête entre ses mains, il commença à sangloter, éreinté et à bout de force.

— Que se passe-t-il ? demanda Farouk.

Senders continua à verser des larmes, mais il semblait prêt à se confier.

— J'ai fait quelque chose, je n'aurai pas dû. Bon sang, Thomas m'avait prévenu, pleura-t-il encore.

— Quoi ? Qu'est-ce que papa a dit ? Il t'a prévenu de quoi ? l'interrogea Della.

Alfred écoutait la conversation tout en jaugeant le docteur d'un œil suspicieux. Il sentait qu'il allait révéler quelque chose qu'ils n'apprécieraient guère, loin de là.

— Qu'avez-vous fait ? demanda-t-il simplement.

— J'ai accepté de l'argent pour financer l'expédition, annonça-t-il.

— Quoi ? s'énerva immédiatement Farouk.

— Je... j'ai demandé à des gens de l'argent pour qu'on puisse mener à bien nos travaux, reprit Senders, je suis désolé.

— Tu veux dire que c'est à cause de toi si on se fait tous tuer ? Le père de Della ? Mehmet ? Smith ?

Farouk se redressa furieux et s'apprêta presque à saisir son collègue par le col pour le frapper, mais Alfred l'en empêcha toutefois en le retenant par le bras. Puis le forçant à se calmer, il l'invita à s'assoir et prit lui-même place à côté de Senders.

— Expliquez-moi toute l'histoire, lui demanda-t-il sur un ton compatissant.

— Je connaissais des gens, d'un cartel de drogue, avoua alors Senders tellement imbibé d'alcool qu'Alfred dut contenir une moue de répugnance à chacune de ses paroles. On avait besoin d'argent pour financer l'expédition alors je leur ai demandé de nous financer. En retour je devais les rembourser en leur fournissant sous le manteau des vestiges si on en trouvait dans la tombe, sinon je devais le rembourser avec des intérêts.

Alfred afficha un visage exaspéré et Farouk fulmina. Della elle, les yeux humides, réfléchit à la portée de ces révélations. Ces derniers jours avaient été un véritable calvaire pour elle. Son père était mort, puis deux de ses collègues, et on lui avait tiré dessus. Ils avaient dû fuir bon sang ! Elle était en fuite depuis plus de vingt-quatre heures. Sans un mot elle se redressa et gifla son collègue.

— Espèce d'enfoiré ! lui hurla-t-elle à la figure.

— Je suis tellement désolé ! pleura encore Senders.

Le regard noir, Alfred la calma de la main, l'invita à s'assoir, et reporta son attention vers le docteur.

— Et Thomas le savait ? demanda-t-il.

Senders hocha de la tête.

— Il l'a découvert quand on était dans la vallée des Rois mais c'était déjà trop tard.

— D'accord.

Alfred se renfonça dans son siège, songeur. Déduisant de ces révélations les conséquences évidentes, il était désormais clair que les individus armés ayant débarqué chez son ancien ami appartenaient à ce cartel. Il en était du coup certainement de même il y a moins d'une heure devant chez Farouk. Ils devaient attendre qu'ils les mènent à lui peut-être, pour qu'il respecte son contrat.

— Bon sang, Ethan, vociféra Farouk, tu pensais quoi en faisant ça ? Tu n'es qu'un putain d'égoïste ! Un gros con et crétin stupide égoïste !

— Je suis vraiment désolé, pleura l'homme.

— Mais bon sang, tu pensais qu'il se passerait quoi sombre connard ?

Farouk, toujours furieux prit Della dans ses bras pour la consoler. La pauvre femme venait de perdre son père, tout ça à cause de lui… en larme, en colère, elle était à bout de force.

— Y avait-il un délai ? demanda Alfred.

— Quoi ?

— Y avait-il un délai ? Pourquoi ont-ils décidé de vous éliminer tout d'un coup ? Surtout étant donné que vous aviez fait la découverte du tombeau, et qu'il est plein de richesses.

Senders essuya ses yeux et tâcha de réfléchir.

— On était rentrés et Thomas avait décidé de les payer pour tenter de rompre notre contrat. Il voulait leur verser un acompte, mais il est mort avant.

Alfred fronça un sourcil.

— Vous voulez dire que Thomas a été tué avant de voir le cartel ? demanda-t-il surpris.

— Oui.

Alfred se leva et avança vers la fenêtre, réfléchissant au quart de tour.

— Qu'est-ce qui se passe Alfred ? demanda Della. Qu'est-ce que cela veut dire ?

— Qu'est-ce que cela signifie ? l'interrogea Farouk.

Le vieil homme essayait de réfléchir à la chronologie des faits, à la logique des événements. Tout ça n'était pas logique.

— Pourquoi le Cartel vous tuerait-il tous et risquerait-il ainsi de perdre son investissement ?

Della sembla étonnée de cette constatation.

— Peut-être parce qu'ils n'ont plus besoin de nous ? On a découvert le tombeau.

Alfred secoua la tête.

— Non, ce n'est pas logique, réfléchissez.

— Mais ils ont bien essayé de vous tuer chez ton père non ? demanda Farouk en regardant tour à tour Alfred et Della.

Le Cavalier leva l'index.

— Ils ont tiré, du moins des gens armés ont tiré, mais sans voir qui nous étions. Ils n'en avaient peut-être même pas après nous. Ils avaient un rendez-vous, et leur interlocuteur est soudain mort d'une crise cardiaque… Connaissant ce genre de gens, il est normal qu'ils veuillent agir, même si c'est avec des armes… Il est aussi normal qu'ils cherchent à voir les autres membres de l'expédition, comme la fille du défunt…

— Oui mais dans ce cas, qui a tué Papa, Mehmet et Smith ?

— Ah, ça… annonça Alfred, je ne sais pas, mais toute cette histoire est si teintée de ténèbres...

Le vieil homme s'apprêta à dire quelque chose d'autre, quand il fut soudain surpris par le gong de l'horloge. Tournant tous la tête vers la source du raffut, ils constatèrent qu'il était 21h45.

— Quelqu'un a faim ? demanda alors Senders. Vous avez mangé ? Je peux vous faire à manger ?

— Je… non, répondit Alfred. Je veux bien manger quelque chose.

Farouk regarda son collègue avec un œil encore noir mais accepta sa proposition.

— Je veux bien oui, mais quelque chose de pas trop épicé.

— Della ?

— Ne m'adresse pas la parole !

Senders baissa les yeux. Il se leva, gêné, et les laissa là pour aller dans la cuisine.

— Bon sang je n'y crois pas. C'est à cause de ce fumier d'alcoolique que papa est mort…

Elle prit la main de son petit ami dans la sienne et posa sa tête sur son épaule. Elle sombra en larmes. Elle ne reverrait plus jamais son père, ni même Mehmet et Smith parce que ce salaud avait marchandé leur vie contre le financement de l'expédition. Elle avait envie de le tuer.

— Comment a-t-on pu lui faire confiance ? Ce mec est une ordure ! reprit la jeune femme.

Un coup de vent glacé fit claquer une fenêtre et souleva les rideaux.

— Je ne pense vraiment pas qu'il soit la cause de leur mort, commenta Alfred instantanément frigorifié en traversant la pièce pour aller refermer la fenêtre.

— Vous plaisantez ? demanda Della.

Tout comme Farouk soudain parcouru d'une chair de poule elle se tourna vers lui pour le regarder tandis qu'il la refermait.

— Je ne vois pas quelle autre explication il y au…

Della ne termina pas sa phrase. Un cri effroyable s'éleva soudain depuis la cuisine. Tout d'abord tétanisés d'effroi, le souffle coupé et le cœur presque arrêté de terreur, Della, Alfred et Farouk s'élancèrent finalement vers Senders. Arrivé le premier dans la pièce, Farouk tenta cependant immédiatement de retenir Della pour l'empêcher d'entrer. Mais en vain. Elle poussa en le voyant un cri d'horreur et Alfred se frayant un chemin ne put alors que constater l'évidence les entrailles lui aussi retournées. Senders gisait raide mort sur le sol, le visage figé dans un rictus de frayeur.

Instinctivement paralysé, le Cavalier ne put réaliser qu'une
chose avant d'avoir lui aussi comme le cœur glacé, cela
avait été rapide, et il n'y avait rien à la fenêtre. Elle était
fermée et verrouillée. Il regarda partout, il ne vit pas non
plus de serpent ou quoi que ce soit. Senders était mort à
quelques mètres d'eux, sans aucune explication. Leurs
visages à tous les trois aussi pâles que prostrés d'épouvante,
ils réalisèrent qu'il ne restait plus que Farouk et Della.

XVII

— C'est celle-là, indiqua Adélaïde du doigt.

Désignant la voiture de Farouk Ben Ali, la jeune femme se satisfit qu'ils aient enfin rattrapé Alfred et défit sa ceinture.

— Maintenant, le tout est de savoir dans quelle maison ils sont, répondit Phileas en regardant les alentours.

Arrêtant le Hummer, il coupa le moteur et défit également sa ceinture. Il descendit ensuite du véhicule pour scruter les habitations de la rue.

— C'est celle-là, annonça-t-il en regardant la maison à leur droite.

— Comment tu le sais ? lui demanda sa femme en sortant.

— La lumière, c'est la seule encore allumée.

Phileas ferma sa portière et après que son épouse en eut fait de même, il verrouilla la voiture.

— Bon sang, il fait froid la nuit ici.

Ensemble, ils se dirigèrent jusqu'à la porte d'entrée. Là, Phileas sonna et attendit patiemment qu'on vienne leur ouvrir. Il n'y eut toutefois aucune réponse. L'homme du club sonna donc une seconde fois, puis une troisième. Après quelques instants la clé tourna finalement dans la serrure et la porte s'ouvrit. Le dénommé Farouk Ben Ali leur fit alors face la mine pâle mais une arme tremblante à la main. Phileas et Adélaïde le regardèrent avec une pointe d'étonnement et de peur.

— Gamin, enlève le cran de sureté, s'exclama soudain dédaigneuse la jeune femme.

Puis d'un geste vif, elle saisit l'arme du jeune homme et son mari lui assena alors un puissant coup de poing dans le nez.

— Ah pudain ! Vous m'avez peté le dez ! s'exclama Farouk en retrouvant la parole en tombant au sol.

Les deux époux entrèrent dans la demeure en enjambant le jeune homme, comme si de rien n'était, quand ils virent affolés Alfred et Della encore prostrés sur le carrelage dans l'encadrement de la cuisine.

— Papa ! hurla Phileas.

Courant à leur secours, il s'occupa de son père et Adélaïde se rendit au chevet de la jeune femme.

— Je… je… fils, je ne sais pas… Je…

Alfred tremblait, il était blanc, effrayé. Phileas paniqué ne l'avait jamais vu dans cet état.

— Que s'est-il passé ? demanda-t-il inquiet.

Adélaïde posa sa main sur le front de Della puis regarda son beau-père.

— Ils sont terrifiés. C'est un état de choc.

Phileas regarda son père et prit ses deux mains dans les siennes.

— Papa, regarde-moi ! Regarde-moi !

Phileas força son père à le regarder, et lorsqu'il eut répondu à sa demande, il se hâta de le calmer.

— Souffle, respire, vide ton esprit ! Inspire et expire calmement, et vide ton esprit.

Tout en le soutenant du regard, l'homme du club lui massa le dos des mains puis frictionna ses bras et ses épaules en respirant fortement avec lui. Adélaïde en fit de même avec Della.

— Allez, papa, reprends-toi !

Phileas regarda toujours Alfred dans les yeux. Après près d'une minute où il dut répéter ses mots, il le sentit revenir de plus en plus à lui, mais au fur et à mesure qu'il semblait regagner ses esprits, ses yeux se remplirent également de larmes.

— Oh mon Dieu, fils, mon Dieu, pleura-t-il alors en le serrant dans ses bras.

Phileas prit son père dans ses bras et le serra chaudement contre lui. Puis il regarda Adélaïde et Della. La jeune fille sembla quitter elle aussi son état de choc, en larmes, et Adélaïde réussit à la redresser pour l'amener à s'assoir. Puis voyant la bouteille de whisky sur la table elle décida d'aller dans la cuisine leur chercher des verres pour leur verser un remontant. Quand elle s'arrêta net.

— Phileas...

— Oui ?

— Viens voir.

Son époux aida son père à se lever et l'amena s'assoir lui aussi. Puis il se rendit auprès d'elle.

— Qu'est-ce que...

Phileas vit le corps allongé par terre.

— Senders.

L'homme du club se pencha sur le cadavre du docteur et fit un examen préliminaire.

— Rigidité cadavérique, aucune décomposition, aucune odeur, pupilles encore colorées...

— Son visage, sembla choquée Adélaïde. Tu as vu ?

— Oui, expliqua Phileas, cet homme est mort de peur.

Se redressant, il se rendit au chevet de son père. Alfred soutenait sa tête avec sa main, visiblement épuisé et dépassé par les événements. La fatigue accumulée, la chaleur, et ça... malgré son expérience, il n'avait pas supporté. Cela avait été si soudain, si inexplicable… C'était comme si un froid mystérieux avait touché son cœur pour le figer. Il n'arrivait pas à comprendre, à saisir ce qui lui était arrivé. Bon sang, pourtant il était habitué.

— Papa, que s'est-il passé ? Cet homme est là depuis longtemps ?

Alfred leva les yeux vers Della. Phileas suivant son regard regarda la jeune femme en pleurs, qui encore chamboulée réussi à cafouiller une réponse.

— Il vient… juste de mourir…

— Quoi ? s'étonna Phileas.

— Il bient juste de bourir ! reprit Farouk qui s'était relevé.

Les deux agents se tournèrent vers le jeune homme.

— Bien, vous allez tout m'expliquer, s'exclama Adélaïde.

Elle partit fermer la porte d'entrée, puis l'aida à s'assoir à table. Retournant dans la cuisine, elle chercha alors deux verres, et revint leur servir un whisky à tous les trois. Tandis qu'ils soignèrent le nez de Farouk et lui donnèrent des antidouleurs, Phileas et Adélaïde les interrogèrent alors sur ce qui s'était passé.

Ce fut Alfred qui prit la parole. Revenu clairement à lui, quoiqu'encore choqué, connaissant la procédure, il raconta lentement et chronologiquement tout ce qui lui était arrivé depuis son départ. L'arrivée au Caire, la rencontre avec Della, l'attaque chez son père, puis la découverte de la mort de Smith, et ensuite celle de Mehmet. Il n'omit aucun détail. Il continua leur histoire jusqu'à la révélation de Senders sur le financement de l'expédition, quand il eut du mal à formuler ses phrases.

— Et puis… on a entendu ce cri, ce cri effroyable. Cela semblait presque inhumain. On est allés dans la cuisine et c'est alors qu'on l'a trouvé, mort, dans l'état dans lequel vous l'avez vu. Ensuite vous êtes arrivés.

— Et tu n'as rien vu ? demanda Adélaïde.

— Aucun animal, aucune silhouette à la fenêtre, rien ?

Alfred hocha négativement de la tête et déglutit.

— Non, rien. Je vous assure. En un instant il est mort de peur. Il a crié et il est mort.

— On est maudits, marmonna Della, on est maudits...

Phileas regarda la jeune femme, regarda l'horloge, qui indiquait 21h59, puis expira fortement. Si l'histoire de son père était vraie, et il le croyait, cela voulait dire qu'un quatrième membre d'une même expédition venait de mourir d'une crise cardiaque en trois jours, juste après qu'ils aient découvert une nouvelle tombe d'un pharaon égyptien. La logique désignait une seule chose, une chose tellement irréaliste que malgré son évidence, elle semblait invraisemblable, impossible. Et il était sûr d'une chose, personne, pas même eux n'y croiraient.

— Bien, on va commencer par régler le souci de la cuisine, les rassura-t-il. On va vous emmener ailleurs et on va régler ça.

L'homme du club saisit son téléphone et contacta l'antenne locale. Adélaïde emmena alors son beau-père et les deux jeunes gens jusqu'au Hummer et les installa à l'intérieur.

— On va vous prendre une chambre à notre hôtel et vous allez prendre des cachets pour dormir, tous les trois, vous avez besoin de repos.

— Je...

Adélaïde intima à son beau-père de se taire.

— On en discutera plus tard. Là tout de suite, on n'a rien pour avancer, alors vous allez vous reposer parce que vous en avez besoin, vous êtes au bout du rouleau.

Fermant la portière elle se dirigea vers la maison et rejoignit son mari qui en sortit.

— C'est bon ? demanda-t-elle.

— Oui, ils vont venir nettoyer les lieux, ramener la voiture de Farouk chez lui et contacter la police.

— Bien.

La jeune femme se tourna vers la voiture et regarda Alfred, Farouk et Della.

— Ils ont l'air vraiment terrifiés par la situation.

— On en serait à moins...

— Phileas, qu'est-ce qui se passe ?

L'homme du club regarda sa femme. Il en était lui-même incrédule.

— Viens, on mettra tout cela au clair demain quand ils seront en état.

XVIII

Phileas, Adélaïde, Alfred, Farouk et Della descendirent de voiture devant l'hôtel où ils s'étaient installés l'après-midi même. L'air frais leur fit du bien. Malgré les récents événements, le Cavalier et les deux égyptologues s'étaient calmés. Phileas et Adélaïde avaient fortement insisté pour qu'ils se reposent avant de discuter et de décider de la suite des événements et ne serait-ce que de réfléchir à leur situation. Ils en avaient besoin, leur répétaient-ils, et à bout de force et de nerf, ils avaient accepté, épuisés, émotionnellement chamboulés et encore quelque peu apathiques. Ils montèrent donc dans leur suite, et Phileas leur donna un somnifère qu'il s'assura de bien être pris avant de les laisser tranquilles. Il coucha ainsi Farouk et Della dans leur chambre avant de se rendre auprès de son père pour lui donner son cachet.

Mais Alfred était installé un verre de whisky à la main dans sa suite, visiblement loin d'avoir envie de dormir. Il avait réfléchi. Au fait que Dumont savait pour l'argent de la drogue, qu'il avait formulé une requête bien spécifique à sa fille... Il avait cherché à voir un schéma dans toute cette affaire et il avait fini par en comprendre le principal. Son ancien ami l'avait mené en bateau depuis sa tombe. Il n'avait jamais eu aucune information concernant Valentina. Il avait juste dit à sa fille de prétendre cela pour qu'il vienne l'aider et la protéger. Pour être sûr qu'il veille sur elle.

— Papa ? demanda Phileas.

Alfred regarda son fils avec amertume et but une gorgée de son verre.

— Qu'est-ce que tu veux fils ?

Phileas tira une chaise jusqu'à lui et s'installa à califourchon à ses côtés.

— Ça va ? l'interrogea-t-il.

— ... Je... je pensais tellement la retrouver, annonça Alfred, les yeux humides. J'y croyais tellement. Après tout ce temps, j'aurais enfin eu des informations...

Phileas acquiesça de la tête, compréhensif, ayant lui aussi déduit le subterfuge.

— Je sais, je comprends...

Alfred essuya ses yeux, triste.

— Bon sang, il s'est bien foutu de moi...

Phileas passa son bras autour de ses épaules et l'invita à se pencher sur lui.

— On la retrouvera papa, je te le promets.

Ils restèrent là, en silence durant quelques minutes, puis Phileas amena Alfred jusqu'au lit et lui tendit son somnifère et un verre d'eau.

— On protégera malgré tout sa fille, mais pour l'instant tu dois dormir d'accord ?

Alfred acquiesça et prit son médicament.

— Valentin...

— Oui ?

Alfred regarda son fils, qu'il n'avait pas appelé par son vrai prénom depuis des années.

— Il se passe quoi ? C'est quoi toute cette histoire ?

Phileas expira fortement, puis s'assit à côté de son père sur son lit.

— Honnêtement, je n'en suis pas sûr. Tout s'est passé vraisemblablement si vite et d'une manière si confuse, tout cela est très confus… Alors je ne sais pas.

— Mais tu en penses quoi ? Sincèrement.

Phileas regarda son père dans les yeux.

— Certainement la même chose que toi, sauf qu'on se refuse tous les deux à le formuler à haute voix, par peur du ridicule, parce qu'on ne veut pas croire que c'est vrai, parce que cela semble fou…

Alfred hocha de la tête, approuvant ses paroles, et s'allongea. Attendant tranquillement le sommeil, il tâcha de se reposer. Phileas le laissant à Morphée éteignit les lumières et rejoignit Adélaïde dans leur suite.

— Alors ? demanda-t-elle en levant les yeux vers lui.

— C'est bon, ils sont tous couchés.

— D'accord.

— Tu fais quoi ?

Installée en tailleur sur le lit, la jeune femme pianotait sur son ordinateur.

— J'envoie des mails. J'ai demandé à l'antenne locale d'ordonner une autopsie de Senders. J'espère l'avoir d'ici demain matin.

— Okay.

Phileas s'allongea à côté d'elle, songeur.

— Tu penses quoi de leur histoire ? demanda-t-il.

— Quoi ? L'idée qu'ils soient maudits ? Je pense que la réalité est plus simple, qu'ils ont dû être empoisonnés.

— Comment ?

Adélaïde regarda son époux en haussant les épaules.

— Je ne sais pas, on verra bien à l'autopsie.

— Tu ne trouves pas tout ça bizarre quand même, le fait qu'ils meurent toutes les vingt-quatre heures presque ?

Qu'ils aillent bien et que tout d'un coup ils meurent de peur ?

— Phil, que veux-tu que je te dise ? Personne n'a rien vu, ils n'ont rien vu.

— Peut-être que seules les victimes l'ont vu...

— Tu penses à quoi ? Une malédiction de l'ancienne Égypte ? À une momie sortie de sa tombe ?

— Peut-être, avoua franchement Phileas.

— Phil, tu es sérieux ?

L'homme du club se tourna vers sa femme et la regarda dans les yeux.

— C'est l'explication la plus logique.

— Mais la plus abracadabrante ! Qui sait, peut-être que quelqu'un cherche à nous le faire croire d'ailleurs ? Pour nous manipuler ! Tu devrais même être le premier à ne pas tomber dans le panneau.

Phileas esquissa un sourire, mais semblait toujours songeur.

— Tu as sûrement raison.

— Couchons-nous, on en discutera demain, proposa Adélaïde en posant son ordinateur sur la table de chevet et en se glissant sous les draps.

Phileas approuva l'idée et retirant ses habits, en fit de même.

— Mais on doit réfléchir à comment sauver ces deux personnes, reprit-il, et je pense qu'on doit objectivement envisager toutes les possibilités.

— Attends Phileas, tu y crois vraiment, sérieusement ?

Phileas regarda attentivement sa femme.

— Que j'y croie ou non, papa y croit, et ces deux personnes aussi. Alors cela me suffit...

Sur ces mots il éteignit la lumière et prit sa femme dans ses bras.

— Bonne nuit ma chérie.

— Bonne nuit à toi aussi mon amour…

XIX

Le lendemain matin.

Phileas et Adélaïde se réveillèrent les premiers, sur les coups de huit heures et demie, et décidèrent de laisser Alfred, Della et Farouk dormir. Ils petit-déjeunèrent donc tranquillement et prirent leurs douches. Puis, posant sur la table de leur suite tous les documents qu'ils avaient, photocopies des rapports d'autopsies, photographies trouvées chez Dumont, notes sur les événements, ils tentèrent de déduire un déroulement des faits pour tenter de cerner ce qu'ils avaient manqué pour comprendre cette affaire. Ne laissant aucune piste derrière eux, la première chose qu'ils firent fut de demander à travers l'antenne locale des renseignements sur les différents cartels et gangs dealers de drogue opérant en Égypte afin de trouver celui contacté par Senders. Essayant de recouper leur liste avec les éléments qu'ils disposaient sur sa vie, ils tâchèrent ainsi d'évaluer lequel cela pourrait être. Ce fut toutefois un travail très long et il était déjà onze heures et demie passé avant qu'ils n'arrivent à identifier deux cibles potentielles. En effet ils estimaient qu'il valait mieux tenter de réduire la liste des suspects plutôt que de chercher à tous les confronter. Ce serait un gain de temps certain, et surtout un risque moindre. Adélaïde passa donc des coups de fil afin de réunir des unités commandos. Leur idée était de mener des raids dès l'après-midi si possible dans l'espoir d'obtenir des informations rapidement. C'était un plan risqué, mais cela ferait d'une pierre deux coups. Stopper les meurtres et démanteler des réseaux de drogues. Par chance, leur facilitant la tâche, l'antenne locale avait des indics bien placés qui aideraient à la tâche. La jeune femme ordonna donc l'assaut sur les deux premières cibles pour 17 heures.

Les deux jeunes époux organisaient ainsi leur départ en mission lorsqu'Alfred se présenta à leur porte.

— Coucou. Je vous dérange ? demanda-t-il.

— Non, bien sûr que non.

Adélaïde s'avança vers lui, lui fit la bise, et l'invita à entrer de la main.

— On allait partir manger tu te joins à nous ?

— Pourquoi pas ? J'ai croisé Farouk et Della, ils sortaient de leur douche.

— Ils n'auront qu'à manger avec nous eux aussi, déclara Phileas.

Saisissant le téléphone de la suite, il appela alors la réception pour qu'on leur réserve une place pour cinq finalement.

— Bien dormi ? demanda-t-il ensuite.

— Oui, très bien, cela m'a fait du bien ce repos.

— Je pense bien, supposa Adélaïde.

— Alors ? Quel est le programme ? les interrogea Alfred. Vous avez des pistes, des idées ?

Adélaïde allait lui répondre, lorsque Farouk et Della se présentèrent également devant la porte.

— Bonjour, formula Della.

— Bonjour, répondit Phileas.

Ils se saluèrent tous, et avant qu'un malaise ne s'installe, l'homme du club proposa de descendre manger.

— Venez, on va manger, on discutera à table, déclara-t-il.

— D'accord, fit Della.

— Volontiers, rajouta Farouk.

— Parfait, ajouta Adélaïde.

Ils fermèrent la porte de la suite, puis se rendant jusqu'à l'ascenseur, descendirent au restaurant de l'hôtel. Là, commandant chacun leur plat sur la carte, ils prirent un apéritif et commencèrent à discuter.

— On a fait jouer nos relations, pour essayer de trouver le fameux cartel qui aurait financé votre expédition. Cet après-midi on donnera un assaut sur nos principaux suspects puis si cela n'est pas concluant, déclara Adélaïde, on s'attaquera aux autres suspects de notre liste.

— Bien, et pour ce soir ? demanda Farouk.

— Nous allons vous faire des tests cet après-midi, vérifier votre état de santé, et ensuite je propose de vous garder sous surveillance rapprochée ici ou à notre antenne locale, répondit la jeune femme.

— Votre antenne locale de quoi ?

Alfred regarda Farouk et lui fit un signe de la tête. Il n'aurait pas de réponse à sa question.

— Et si cela n'a rien à voir avec eux ? demanda Della.

Phileas regarda la jeune femme avec attention.

— Si cela n'a rien à voir avec eux, on est au point mort pour l'instant, lui répondit-il.

Farouk termina son verre, acquiesçant de la tête, mais réfléchissant à la question, il se risqua quand même à formuler son idée.

— Avez-vous envisagé la possibilité que… ? fit-il.

— Que ?

— Que ce soit une malédiction, vraiment ?

Adélaïde observa le jeune homme, puis son mari.

— Je ne pense pas que ce soit sérieusement envisageable.

— Oui, vous avez sûrement raison.

— Qu'a donné l'autopsie de Senders ? demanda alors Alfred. Je suppose que tu en as fait ordonner une.

— Toxicologie négative, déclara Phileas. Mort de peur.

Della et Farouk acquiescèrent, puis le repas arriva et ils changèrent alors de sujet. Tout en mangeant, ils parlèrent de l'archéologie en général, ou de ce que cela faisait de travailler dans les services secrets. Ils tentèrent ainsi de s'occuper l'esprit, les deux jeunes gens soulagés qu'ils s'occupent de leurs poursuivants, satisfaits que leur calvaire soit bientôt terminé et pris en charge par des professionnels. Mais dans un coin de leurs esprits, Della et Farouk ne pouvaient malgré tout s'empêcher de penser à une chose. Même s'ils étaient reposés et voyaient les choses plus clairement maintenant, ils ne pouvaient pas ne pas repenser à leur cauchemar et aux morts si étranges de leurs amis. Et cette simple idée traversait leur esprit : s'il s'agissait d'une malédiction, quelqu'un mourra ce soir. Et cette idée avait beau être incroyable, ils ne pouvaient s'empêcher d'y songer, de continuer de croire à l'impossible. Et même s'ils n'en dirent pas mot, Alfred et Phileas étaient de cet avis aussi. Ils n'excluaient pas cette improbable possibilité.

Le repas se termina aux alentours de 13 heures. Quittant le restaurant, ils remontèrent à leur étage et se rendirent dans leur chambre. Récupérant leurs affaires, Della, Farouk et Alfred vinrent ensuite dans celle de Phileas et Adélaïde pour partir à l'antenne locale. Mais à peine arrivés, les deux jeunes gens remarquèrent immédiatement les photographies et la traduction que les deux époux avaient prises chez Thomas Dumont.

— C'est quoi ça ? demanda Della en s'approchant du tableau.

— Où les avez-vous eus ? demanda Farouk.

— Elles étaient dans les affaires de feu votre père, annonça Adélaïde, sur son bureau.

Les deux jeunes gens lurent la traduction incomplète et s'en surprirent.

— *« Quiconque profanera ce tombeau se verra pourchassé par le Pharaon vengeur. Revenant d'entre les morts, il viendra leur ôter... »*

Curieux, Farouk s'installa empressement à la table avec la photo, et prenant un stylo, termina de traduire les hiéroglyphes de la porte du tombeau.

— Vous faites quoi ? s'étonna Adélaïde.

— Je finis la traduction, répondit-il.

Comme mu par une soif de connaissance, par un besoin d'en savoir plus, il n'avait pas pu résister face à cette traduction inachevée. Maintenant qu'il l'avait sous les yeux, il avait besoin de connaître quelle menace ce tombeau énonçait. Oh, il y en avait sur toutes les sépultures de l'ancienne Égypte, bien entendu, cela n'avait rien d'exceptionnel, mais là... il ne saurait dire. Il ressentait la nécessité de savoir ce qu'on lui prédisait.

— Voilà j'ai fini, annonça-t-il avec une pointe de frayeur dans la voix, *« Quiconque profanera ce tombeau se verra pourchassé par le Pharaon vengeur. Revenant d'entre les morts, il viendra leur ôter la vie à chaque fin du pas de danse de Râ et Khonsou. »*

— Qui sont Râ et Konhsou ? demanda Alfred. Enfin, Râ je sais, c'est le Dieu du soleil, mais qui est le second ?

— Il s'agit du dieu de la nuit dans l'ancienne Égypte, lui répondit Farouk.

Le cœur de Phileas fit un bon. Il avait rassemblé les pièces du puzzle en un quart de seconde, et les faits collaient incroyablement bien, trop bien même.

— Cela corrobore la théorie de la malédiction, annonça-t-il très sérieusement, songeur.

Faisant comme s'il ne voyait pas le regard noir que lui lança soudain Adélaïde, il regarda son père, Farouk et Della. Il savait qu'ils y pensaient, comme lui, alors il s'était risqué à énoncer tout haut ce que tous pensaient tout bas.

— Oui, on dirait bien, s'exclama le vieux Cavalier.

— En tout cas cela va dans ce sens, déclara Della. On ne l'avait pas remarqué dans le tombeau, on ne s'était pas embêtés à lire toutes les inscriptions. Mais là…

— D'accord, et même si c'est difficile à croire, qu'est-ce qui pourrait rompre cette malédiction du coup maintenant qu'on sait de quoi il en retourne ? renchaîna Alfred.

— Vous êtes tous sérieux là ?

Adélaïde secoua la tête, n'y croyant vraiment pas. Comment pouvaient-ils penser qu'une malédiction égyptienne vieille de plusieurs milliers d'années pouvait vraiment exister ? Étaient-ils tous devenus superstitieux ? Surtout avec tous les films qu'ils avaient pu voir, enfin, pour Farouk et Della elle ne savait pas, mais Phileas et Alfred étaient des gens sensés eux, instruits, intelligents, comment pouvaient-ils croire cela ? Ne se souciant pas d'elle, son mari, son beau-père et les deux jeunes gens envisageaient eux toutefois enfin réellement cette possibilité. C'était comme si d'avoir lu cette trace écrite signifiait soudain que c'était possible, que cela pouvait être vrai. Et sachant cela, ils décidèrent d'aborder sérieusement le sujet.

— La logique voudrait que vous, excusez mon néologisme, déprofaniez la tombe, suggéra Phileas à Farouk et Della.

— Oui, c'est ce qu'il faudrait faire, s'exclama Della. Bien que je ne vois pas comment.

— La logique veut qu'on s'intéresse surtout à ce cartel de drogue ! déclara Adélaïde.

Farouk, Della, Alfred et Phileas la regardèrent. Elle ne voyait pas les choses comme eux, mais d'une certaine manière ils le comprenaient. Chacun aurait pu être à sa place. Mais après ce qu'ils avaient vus, vécus, eux avaient choisi de penser à l'impossible. Et cette traduction, elle était la confirmation qu'il leur fallait pour accepter ce qu'ils refusaient jusque-là.

— Écoutes Adélaïde, annonça Phileas, on va demander au *Service* de faire le raid sans nous.

— Le Service ? demanda Della.

Alfred lui fit un signe de tête pour lui signifier de laisser tomber l'idée d'en savoir plus.

— Quoi ? Tu plaisantes ? déclara Adélaïde.

Un silence s'installa, ponctuant de malaise la conversation. Tout allait dans leur sens... Adélaïde pourrait dire ce qu'elle voulait, aussi farfelue cette idée soit-elle, la malédiction était la seule vraie piste qu'ils avaient. Les coïncidences étaient beaucoup trop grosses, trop précises. Bien sûr c'était peut-être un coup monté, mais si c'était le cas, il était parfait. Et puis surtout, pourquoi ferait-on ça ? Quant à la piste du cartel, ils n'avaient pas besoin d'être là, ils pouvaient laisser l'unité s'en occuper, elle servait à ça.

— Bien, procédons par élimination, reprit Phileas en décidant d'ignorer sa femme. Revoyons tout depuis le début, comment s'est passé la découverte du tombeau ?

Della s'assit sur une chaise et lui fit face. Posant ses mains sur ses cuisses, elle tenta d'être la plus claire et précise possible.

— On a soulevé la dalle et découvert un escalier de trente marches au bout duquel se trouvait l'entrée de l'hypogée, commença-t-elle.

— Bien, d'accord. Ensuite ?

— Ensuite on est entrés. On était dans un corridor étroit et bas de plafonds menant à la porte de l'antichambre. Dans celle-ci on a trouvé des reliques, des objets de la vie courante, à première vue il y avait plus de quatre cents objets qu'on a commencé à répertorier. On a pénétré ensuite dans la salle hypostyle, cela nous a pris cinq jours rien que pour la traverser, car il doit y avoir plus de cinq à six cents objets en tous genres. C'est une salle avec des colonnes partout, et on a eu du mal à découvrir où était la porte de plâtre menant au puits et à la chapelle funéraire.

— Elle était camouflée ?

— C'est ça oui, confirma Della, elle était cachée, confondue avec le mur tandis que trois autres salles dont une avec un autel étaient parfaitement accessibles. Puis quand on l'a trouvée, on a pratiqué un trou et on est descendus en rappel dans le puits menant au caveau.

— Et ensuite ?

— Rien, on a ouvert la porte du tombeau, fait ces photos-là, montra Della en désignant sur la table la photo de l'expédition et des hiéroglyphes, et on est repartis.

Phileas se pencha en avant et scruta des yeux ceux de la jeune femme et de Farouk.

— Mais vous n'avez rien fait de particulier à part entrer, vous avez pris quelque chose, vous avez cassé quelque chose ?

Farouk chercha dans sa mémoire.

— Non, rien de cela. On est juste entrés, on a vu le sarcophage, on a fait des photos et on est ressortis, répondit-il. On était pressés par le temps et on devait faire attention, on a eu peur de contaminer les lieux. Le moindre appel d'air ou changement de chaleur pouvait endommager les papyrus ou tout objet fragile. L'air était le même dans l'hypogée depuis des millénaires. On avait fait à chaque fois attention mais on voulait revenir s'occuper de l'antichambre et prendre notre temps. Puis Thomas a décidé de revenir et on a mis l'expédition en stand-by, il voulait qu'on rentre tous. Probablement à cause du cartel. Si personne n'était mort, on y serait déjà retourné.

Phileas réfléchit rapidement.

— Tu penses à quoi ? lui demanda Alfred.

— Et vous l'avez refermé ? demanda Phileas en regardant les deux égyptologues.

— De quoi ?

— Le tombeau, la porte du caveau.

Farouk regarda Della, puis Alfred, Adélaïde et Phileas, étonné.

— Non, on ne l'a pas refermé, enfin je ne crois pas. On a eu du mal à l'ouvrir et on a juste jeté un œil, comme je vous l'ai dit, on a eu peur de contaminer l'air ambiant. Du coup on est repartis.

— Vous êtes entrés, avez ouvert le tombeau et ne l'avez pas refermé ?

— Oui, en effet.

Phileas sembla perdu dans ses pensées, réfléchissant logiquement, objectivement.

— Et si c'était ça, si vous aviez tout simplement lancé cette malédiction en ne refermant pas le tombeau derrière vous du coup ? annonça-t-il.

— Vous plaisantez ?

— Allons, Phileas, tu n'es pas sérieux ! s'exclama une nouvelle fois Adélaïde.

— Non mais écoutez deux secondes, reprit l'homme du club, *« Quiconque profanera ce tombeau se verra pourchassé par le Pharaon vengeur. Revenant d'entre les morts, il viendra leur ôter la vie à chaque fin du pas de danse de Râ et Khonsou. »*

— Oui, et ? demanda Della.

— Vous êtes entrés dans l'hypogée et rien ne s'est passé pendant une semaine. Puis vous avez ouvert le tombeau en lui-même, la chambre funéraire, et les morts ont commencé. C'est là qu'est la profanation. Mais supposons un instant que vous le refermiez, vous ne le feriez plus, si vous n'avez rien pris ? Le pharaon vengeur retrouverait le repos. Car tout repose là-dessus, vous le réveillez en entrant dans sa tombe. Si vous la refermez, il retrouve sa paix.

Della regarda Farouk puis Alfred avant de reporter ses yeux sur Phileas.

— Vous pensez que c'est si simple que ça ?

— Je propose de vérifier cette théorie, à défaut d'autre chose, d'aller là-bas et de refermer son tombeau. C'est celle qui me semble la plus logique et cohérente compte tenu des faits. On n'a rien à perdre à le tenter !

— Et quel serait le rapport avec Râ et Khonsou ? demanda dédaigneuse Adélaïde.

Phileas la regarda.

— C'est simple non ? À quelle heure est mort votre père Della ? interrogea-t-il ensuite la jeune femme.

Della fut quelque peu surprise de cette question, mais répondit de mémoire.

— À 21h47 d'après sa montre cassée.

Phileas leur montra la photo qu'ils avaient prise devant le sarcophage. L'heure indiquée dessus était 22h02.

— Après combien de temps avez-vous fait cette photo ?

— Je ne sais pas, cela a été très rapide. On ne devait pas trop tarder, alors on a regardé vite fait, on a fait des photos des hiéroglyphes du sarcophage et on a fait la photo, excités. Cela n'a pas duré plus d'une demi-heure.

— Vous êtes donc entrés moins d'une demi-heure avant que la photo ne soit prise, et je parierai que c'est à 21h47 précisément que vous êtes entrés dans le tombeau.

— Oui, et ? C'est maigre.

— Hier, Senders est mort vers quelle heure ? demanda Alfred pour corroborer la théorie de son fils.

Farouk regarda le Cavalier avec une pointe d'incrédulité.

— Il était 21h45 passé. Je m'en souviens bien parce que l'horloge a sonné quelques minutes avant.

Phileas hocha de la tête en désignant Farouk à tous.

— Vous voyez ?

— Je…

— La danse de Râ et Khonsou représente le cycle du jour et de la nuit, reprit Della en comprenant où il venait en venir. Un cycle représente une journée pour qu'ils soient revenus au même mouvement. Un mort à chaque cycle.

Farouk commença à stresser.

— Autrement dit…

— Autrement dit, s'exclama Della en regardant sa montre, elle viendra pour toi ou moi dans 8 heures et 26 minutes.

— Combien de temps pour aller au tombeau ? demanda Alfred en se levant.

— 8 heures pour aller à Louxor en jeep !

— Ça va être serré.

— Et si on prend l'avion ?

— Vous plaisantez ? s'exclama Farouk.

— Tout doit être complet pour le jour même, renchérit Della. Et le temps d'embarquer, avec la douane, l'attente, même si le trajet dure une heure, c'est trop risqué. Surtout qu'il faudra ensuite louer une voiture à Louxor.

Ils se levèrent et mirent leurs manteaux, prêts à partir en hâte, mais Adélaïde les regarda, abasourdie.

— Non mais attendez, vous êtes tous sérieux là ? les interrogea-t-elle. Vous croyez à ce que vous dites ?

Incrédule, elle les regarda avec étonnement.

— Vous croyez vraiment à cette malédiction ? redemanda-t-elle.

Phileas se pencha sur la table en direction de sa femme.

— Adélaïde, même si tu n'y crois pas, admets que c'est une possibilité qui saute aux yeux ! lui répondit-il.

— Non Phileas ! Pas du tout ! s'exclama la jeune femme, absolument pas, c'est totalement aberrant.

— Je ne cherche pas à me l'expliquer ou à le comprendre, mais j'y crois en tout cas, révéla-t-il.

Adélaïde balança la tête, incrédule. Alfred regarda sa belle-fille, et repensa à la promesse qu'il s'était faite, celle de protéger la fille de son ancien collègue.

— Adélaïde, déclara-t-il en s'avançant vers elle et en la tenant par les épaules, même si tu ne nous crois pas, même si quelqu'un essaye de nous induire en erreur, c'est la seule vraie piste qu'on ait, alors on doit la suivre. Tu es d'accord non ? Mieux vaut tester cette théorie que de rester ici à attendre tranquillement la mort ! Tu as déjà des équipes qui s'occupent du Cartel, alors qu'est-ce que cela nous coûte d'essayer cette piste-ci ?

La jeune femme regarda son beau-père, hésitante. Elle avait beau ne pas y croire, il avait raison. Même si elle n'y croyait pas, ne pas lui donner le bénéfice du doute serait une erreur qui pourrait être fatale. En toute objectivité, elle se devait de se fier à leur folie.

— Je te demande de me faire confiance chérie, rajouta Phileas.

— Bien, allons-y alors !

— Merci !

Quittant hâtivement leur suite, ils descendirent tous les cinq les marches de l'escalier quatre à quatre et se rendirent à la voiture. Car s'ils avaient raison, le temps jouait contre eux.

XX

Le Hummer tout terrain vrombit sur la route du désert. Conduit par Phileas, à peine la sortie du Caire franchie, il eut l'opportunité de montrer toute sa puissance. Sous un soleil de plomb et dans un paysage aride, le bolide blanc fila aussi rapidement que possible vers la vallée du Nil.

— Même s'il n'y a pas trop de circulation, on sera juste, fit Della.

— On ne fera pas de pauses, on changera juste de conducteur d'ici deux heures, s'exclama Phileas.

— D'accord, fit Farouk.

Alfred, Della et Farouk installés à l'arrière regardèrent le paysage défiler à toute vitesse.

— Si on part du principe que vous avez tous raison, ce que je continue à trouver aberrant, déclara Adélaïde assise à la place du mort, on aura juste à refermer le tombeau c'est cela ?

— Oui, fit Della.

— Et après ? Vous arrêtez les fouilles ? Comment justifiez-vous cela ?

Della et Farouk se regardèrent, troublés.

— Je n'en ai aucune idée, déclara la jeune femme.

Adélaïde acquiesça de la tête.

— Je vous propose quelque chose. Si Phileas a raison et qu'il suffit de fermer le caveau lui-même, vous pourrez toujours explorer la tombe, il faut juste faire en sorte que personne n'entre plus dans le tombeau. Du coup on fera en sorte que cela ne puisse pas être le cas.

— Comment ça ? demanda Farouk.

— On fera verser du béton dans le puits d'accès et on refera proprement la porte au niveau de la salle…

— Hypostyle, répondit le jeune égyptien.

— Voilà, c'est ça. Pour être certain que plus personne ne meurt à cause de cette malédiction.

— Cela me semble un bon plan Adélaïde, s'exclama Alfred.

Phileas sourit et mit la main sur celle de sa femme, satisfait.

— Mais je continue à croire que cette explication est ridicule. Vous n'êtes pas les premiers à entrer dans une tombe qui annonce la mort à ses profanateurs.

— Yep, mais ce sont les premiers qui meurent exactement comme l'annonce la malédiction.

— Comment sait-on qui de nous deux va mourir ce soir ? demanda Della.

Alfred regarda la jeune femme assisse juste à côté de lui, surpris d'une telle franchise, puis interrogea son fils.

— Phileas, tu en penses quoi toi ? demanda-t-il.

Phileas continua à regarder la route, mais répondit avec une certaine logique.

— Je suppose que l'ordre des morts correspond à l'ordre d'entrée dans le caveau, non ? Della, Farouk, vous vous souvenez de l'ordre dans lequel vous avez pénétré les lieux ?

Les deux jeunes gens se regardèrent, mal à l'aise.

— Ce fut mon père, puis Smith, Mehmet, Senders, Farouk et moi. J'ai fermé la marche.

Phileas regarda la jeune fille dans le rétroviseur intérieur, puis son petit-ami.

— Vous avez votre réponse.

Tous regardèrent Farouk, et Della se serra contre lui.

— On te sauvera, je te le promets ! déclara-t-elle.

Le jeune homme déglutit, amer.

— Si on survit, dit-il quelque peu apeuré, c'est une histoire qu'on n'oubliera pas.

— Et que personne ne croira, s'exclama Alfred, ironique.

— Depuis trois jours, vous viviez une course contre la montre sans même le savoir, déclara Adélaïde. Difficile de réaliser toute son étendue. Tout a été si confus, si rapide, si frénétique… Ce n'est pas évident. Même vous n'y croirez pas.

Phileas doubla les voitures devant lui et continua à rouler à vive allure tout en essayant de ne pas consommer trop d'essence.

— Dès qu'on verra une station essence, il faudra faire le plein.

— Okay, dit Adélaïde. Bon Dieu, ce qu'il fait chaud !

— Carrément.

— Tout va bien derrière, vous tenez le coup ?

Farouk regarda par la fenêtre.

— On n'a pas le choix.

— Qu'en est-il de la sécurité sur la vallée des rois, est-ce qu'on aura des problèmes ? demanda Adélaïde.

Della regarda soudainement la jeune femme avec crainte.

— Je n'avais pas pensé à ça…

Adélaïde regarda Phileas. Ils s'échangèrent un regard entendu. Par chance, ils avaient dans le coffre de la voiture des pistolets et un fusil sniper avec des balles tranquillisantes et des lunettes à visée nocturne. Cela suffirait.

— On en aura fait du grabuge, souffla-t-elle.

Phileas approuva, quand son visage fut marqué par une certaine appréhension.

— Merde…

— Quoi ? demanda Farouk.

Suivant son regard, Adélaïde, Alfred, Della et Farouk regardèrent la route. Ils virent alors l'objet de sa crainte. Ils arrivaient face à un embouteillage. Phileas fut obligé de ralentir et mit ses warnings. Passant au point mort, il vociféra intérieurement. Della et Farouk regardèrent derrière eux. Des voitures s'arrêtèrent déjà et les bloquèrent dans la file. Se serrant la main, les deux jeunes gens commencèrent à paniquer. Ils étaient coincés.

Alfred regarda sa montre. Il était 14h24. Il ne leur restait même pas sept heures et demie avant l'instant fatidique.

Adélaïde tapa sur le GPS central et afficha leur destination.

— On est encore à plus de 580 kilomètres de Luxor.

Phileas regarda autour d'eux. Il n'y avait pas de trottoir ni de terreplein central, mais il y avait du sable de chaque côté de la route. S'il décidait de contourner l'embouteillage, il risquait de coincer ses pneus dans le sable et de ne plus pouvoir rouler.

— Combien de temps faut-il pour atteindre le tombeau une fois arrivés à la vallée des rois ?

— On doit y aller à pied, répondit Della en regardant les voitures au dehors. On ne peut pas y accéder en voiture, du coup il y en a pour une bonne heure minimum, surtout qu'il fera nuit.

— Comment est la sécurité devant le tombeau ? reprit Phileas.

— Nulle, on s'est servie d'une grue pour replacer la dalle sur l'accès. Elle pèse cinq tonnes. Personne ne peut entrer donc il n'y en avait pas besoin.

— Mais la grue est en place ? demanda Adélaïde.

— Oui, elle est en position.

Tandis que les gens sortaient de leurs voitures et klaxonnaient pour voir ce qui se passait, Phileas tapota des doigts sur le volant.

— Et concernant la grue, je suppose que la cabine est verrouillée pour que personne ne s'en serve ?

Della approuva toujours.

— Il y a des grilles tout autour, fermées avec un cadenas. Et les clés sont en bas chez le chef de chantier.

Phileas expira fortement, irrité. Il regarda Farouk dans le rétroviseur. Le jeune homme affichait un calme déconcertant. Il sentait qu'il paniquait intérieurement mais tâchait de se contenir, de garder la face. Toutefois Phileas lui-même avait peur, tout comme Adélaïde, Alfred et Della. Leurs vies n'étaient peut-être pas en jeu, mais ils stressaient. Chaque embuche sur la route qui les ralentissait était du temps précieux de perdu. Phileas passa la première vitesse, prêt.

— Chéri, qu'est-ce que tu fais ? demanda Adélaïde.

— Tout le monde s'accroche !

Soudain effrayés, chacun se raccrocha à une poignée de sécurité, et tous regardèrent devant eux. Faisant crier le moteur, Phileas signala aux autres automobilistes son intention. Des visages s'affolèrent et des gens retournèrent dans leurs voitures. L'homme du club braqua à gauche pour se frayer un chemin. Tandis qu'on frappa furieusement aux vitres du Hummer et que les insultes fusaient, il continua à avancer entre les voitures en les repoussant, causant des dégâts matériels jusqu'à ce qu'il puisse quitter la route. De colère, un homme jeta même une pierre contre la vitre du passager arrière gauche, effrayant Della et Farouk.

— Ne vous en faites pas, les vitres sont blindées, ce Hummer est conçu pour tenir face à bien plus.

Phileas pesa une dernière fois ses options. Il fallait qu'ils soient arrivés à la vallée des Rois avant 20h00, pour avoir de la marge sur la montée et l'entrée dans le tombeau. Ils n'avaient que peu de temps pour faire le trajet. Il espérait que cela serait assez. Ce serait assez... Mais la loi de Murphy l'inquiétait. Tout pouvait arriver... Et il avait la terrible impression que ce serait le cas. Phileas appuya sur l'accélérateur. Avançant toujours, il se fraya un chemin et sortit de la route. Longeant dans le sable l'embouteillage il roula sous les protestations et les jets de pierre en priant pour que les roues ne s'enlisent pas.

— Vous savez quoi ? Je vous parie ce que vous voulez qu'on sera loin d'y être à l'heure ? fit Phileas sarcastique.

— Ouais, ma vie, fit Farouk.

Ils roulèrent sur plus de cinquante mètres de sable quand enfin ils purent revenir sur la route et reprirent leur allure. Adélaïde regarda alors son mari avec un sourire complice mais tout de même peu rassuré.

— Tu es barge.

— Je ne comprends pas que personne d'autre ne l'ait fait, réagit Phileas.

— Parce que les gens ne veulent pas finir coincés dans le sable, s'exprima Della. On aurait pu rester bloqués.

Phileas ricana nerveusement.

— On a un système de propulsion à l'arrière, de quoi mettre assez de pêche à la voiture pour avancer et se ressortir du sable.

La voiture fusa de plus belle. Reprenant son sérieux, Phileas appuya sur l'accélérateur. Il fallait qu'ils y soient à l'heure.

*

Malgré toute la puissance du Hummer, compte tenu de l'essence utilisée et donc des arrêts obligatoires pour faire le plein, ils arrivèrent à la vallée des rois à 20h12. Pressés, paniqués, ils sortirent alors tous du véhicule et tandis qu'Alfred, Farouk et Della prirent immédiatement le chemin du tombeau, Phileas et Adélaïde sortirent leurs armes du coffre et se préparèrent.

— La journée il fait trop chaud, la nuit il fait trop froid… Tu sais quoi ? Tout cela me donne envie d'aller aux Caraïbes. Tu fais quoi ce week-end ? demanda sarcastique Adélaïde.

— Volontiers, j'ai envie de ne rien glander pendant quelque temps, et surtout pas de toucher une arme ! Cela me fera du bien.

Ils refermèrent le coffre et passèrent leur lunette de vision nocturne sur leur nez.

— Phileas, il se passe quoi ? On est vraiment embarqué là-dedans ? formula cette fois sérieusement la jeune femme en se rendant vers l'accueil.

— Comment ça ?

— On croit vraiment à cette histoire de malédiction ?

Phileas regarda sa femme.

— Adélaïde. Si ce n'est pas une malédiction, il s'agit de quelqu'un qui met tous les moyens en œuvre pour nous y faire croi…

Phileas se tut soudain et fronça les sourcils, songeur.

— Quoi ? demanda Adélaïde.

— Rien… rien. En tout cas, j'y crois, sincèrement.

Phileas n'avait pas terminé sa phrase, car il avait soudain réalisé quelque chose, quelque chose à laquelle il n'avait pas songée jusqu'ici. Mais il préféra ne pas s'en préoccuper pour le moment. Se collant au bâtiment, il se mit en position, et indiqua à sa femme qu'elle pouvait y aller.

— Tu les récupères, j'endors tout le monde ! lui ordonna-t-il.

— Bien.

Adélaïde obtempéra et Phileas relevant ses lunettes, se tint prêt à tirer sur les gardes faisant leur ronde. Bon sang pensa-t-il, faites que ce ne soit pas ça, faites que je me trompe.

L'homme du club vérifia toute la zone, et alors que les gardes apparurent dans son viseur à vision nocturne, il leur tira dessus avec son fusil pour les endormir. Dix minutes plus tard, Adélaïde revint avec les clés du cadenas et de la grue et ils partirent pour rejoindre les autres.

— Ce que je dis, c'est que si ce n'est pas à cause de votre malédiction, on aura l'air bien cons et on aura fait beaucoup de dommages collatéraux pour rien, reprit la conversation Adélaïde en éteignant ses lunettes et en allumant sa torche.

— C'est sûr, mais en même temps, cela ne coûtait rien d'essayer. Je n'aurai pas été rassuré si on était bêtement restés à attendre l'heure fatidique, s'exclama Phileas en en faisant de même.

— Je te l'accorde.

Les deux époux gravirent la colline tout en continuant à discuter.

— Ce que je trouve ridicule dans cette histoire, c'est que tout est arrivé si vite qu'on n'a même pas vraiment eu le temps de tout comprendre, de tout saisir. Si cela se trouve, l'explication est tout autre.

— Tu n'en démords pas hein ? sourit l'homme du club.

— Dixit le mec qui pense qu'une momie veut tuer des gens ? Sérieusement ? ricana Adélaïde.

— Tu connais Puma Punku ?

— La cité mégalithique ? Bien entendu.

— Comment concevoir une cité ancienne taillée au laser et prétendre tout connaître de la vie sur cette planète ?

— Tu compares deux choses totalement différentes là.

— Les deux sont un mystère, qu'on se doit d'accepter, car ils existent, même si on ne peut pas se l'expliquer.

Phileas regarda sa femme qui venait de s'arrêter en se tenant le côté gauche.

— Tu tiens le coup ? lui demanda-t-il.

— Oui, j'ai juste un point de côté, et je te rappelle que j'ai pris une balle dans le flanc il y a six jours. Bon sang, je suis essoufflée. Il n'y a pas deux secondes, j'étais fière de ma montée, déclara-t-elle haletante.

Adélaïde regarda sa montre. Il était déjà 20h40.

— Ça va être serré ! déclaré la jeune femme. Tu marches plus vite, vas devant.

— Tu es sûre ?

— Oui, allez !

Mettant fin à la conversation, Phileas prit les clés, embrassa sa femme, puis partit à sa vitesse. Éclairant le sentier devant lui, il marchait d'un pas rapide et soutenu, et courait dès qu'il le pouvait. Il voyait son père et les deux jeunes gens devant lui, au loin, leur torche s'agitant dans le noir… Avançant encore et toujours, il tâcha de donner son maximum. Maintenant qu'il était seul, à ne plus discuter, le caractère fatidique de la situation le reprenait au ventre. Il regarda sa montre, il était 20h50… Il restait moins d'une heure. Bon sang, moins d'une heure… Il fallait qu'ils arrivent dans les temps sinon Farouk allait mourir. Il fallait qu'ils réussissent. La montée dura, dura encore, et Phileas commença à haleter lui aussi. Ses muscles se firent ressentir et tirèrent. Il était épuisé.

— Oh bon sang.

Phileas regarda de nouveau sa montre. Il était désormais 21h passé. Il s'essuya le front, transpirant, et après une courte pause où il s'étira, il reprit sa course éreintante.

— Mec tu as 36 ans ! Rââh ! Tu es déjà essoufflé, tu es une merde ou quoi ? Bon Dieu, Susan à l'orphelinat dirait que tu es un cancre ! Elle dirait que tu ne mérites pas de pouvoir t'assoir à sa table !

Phileas se parla encore à lui-même plusieurs minutes, puis se tut et tenta de faire fit un maximum de ses douleurs musculaires. Mais il glissa soudain sur un rocher et tombant, se fit mal aux poignets et aux genoux.

— Oh bordel de merde !

Phileas vociféra mais se releva sans même inspecter ses membres. Il continua à avancer coûte que coûte. Puis mettant fin à son calvaire, il les rattrapa finalement. Ils étaient à quelques centaines de mètres de la grue quand il parvint à eux. Mais l'heure continuait de tourner.

Ils arrivèrent à l'hypogée à 21h26 et de plus en plus paniqués et effrayés, ils constataient qu'il ne leur restait plus beaucoup de temps. Farouk n'en avait plus que pour quelques minutes et il était nerveux et affolé. Alfred ouvrit les grilles avec frénésie, et Phileas monta à l'intérieur de l'engin et le démarra. Della et Farouk fixèrent rapidement les sangles et le maître des Reines souleva alors la dalle de cinq tonnes qui condamnait l'accès à la tombe. Il la déplaça pour être sûr qu'elle ne retombe pas sur l'entrée pendant qu'ils étaient à l'intérieur, puis il sauta du cockpit et rejoignant les autres qui descendaient déjà quatre à quatre les marches de pierre.

— Vite ! Vite ! hurla Della paniquée.

Saisissant la main de son petit ami, la jeune femme l'entraîna dans l'antichambre, quittant la lumière rassurante du ciel étoilé pour s'enfoncer dans l'obscurité de la tombe montagneuse. L'atmosphère y était lourde et sèche. La poussière s'envolait sous leurs pas lourds dans des tourbillons secs et dangereux pour les yeux. Ils coururent à travers la pièce et poussant un maximum la porte, entrèrent dans la salle hypostyle.

— C'est par où ? demanda Alfred.

— Par-là ! cria Della.

Phileas regarda sa montre, il était 21h38. Ils continuèrent à courir, se frayant un chemin parmi les objets ancestraux jonchant le sol, leurs pas résonnant à l'infini dans ce tombeau austère et ténébreux, et après avoir couru entre des dizaines de colonnes froides et des centaines d'objets projetant leurs ombres dans une vision effrayante se mouvant au fur et à mesure que leurs torches avançaient, ils arrivèrent devant l'entrée du puits, un trou encore plus sombre pratiqué dans une porte de plâtre. Della prit alors le harnais qu'ils avaient laissé pour le fixer à Farouk.

— On n'a pas le temps ! cria Phileas en arrivant. Descendez simplement avec la corde !

Della acquiesça en regardant l'homme du Club et Farouk passa dans le trou en se tenant à la corde qu'ils avaient accrochée à un pilier. Puis Della en fit de même et Alfred.

Phileas s'apprêtait à les rejoindre quand Adélaïde pénétra dans le tombeau.

— Phileas ? s'écria-t-elle.

— Je suis là !

Phileas regarda en arrière et vit le faisceau de la torche de sa femme se diriger vers lui.

— Vite ! entendirent-ils à l'intérieur du puits.

— Phileas ! Viens, on n'arrive pas à la refermer ! hurla Alfred.

Adélaïde arriva à hauteur de son mari.

— Descends ! Vite !

Phileas passa par le trou et descendit aussi rapidement que possible en tâchant de ne pas se brûler les mains sur la corde. En bas il trouva alors Alfred, Della et Farouk en sueurs en train de pousser la lourde porte. Se précipitant à leur côté, il poussa aussi fort que possible mais elle ne bougeait pratiquement pas.

— Bon sang, elle est coincée ! s'écria Alfred. Della, regarde si quelque chose bloque la porte !

La jeune femme regarda à l'aide de sa torche l'encadrement mais ne vit rien qui gênait à la fermeture.

— Il n'y a rien !

Elle allait revenir pousser avec eux quand le faisceau de sa torche passa furtivement sur le sarcophage.

— Mon Dieu !

Elle entra par l'entrebâillement.

— Della, qu'est-ce que tu fais ! s'affola Farouk.

— Mon Dieu, le sarcophage est vide ! Il est ouvert et il est vide !

— Della, revenez ! hurla Phileas.

Presque tétanisée et blafarde, la jeune femme revint avec eux et poussa. Puis Adélaïde arriva pour leur donner un coup de main.

— Allez ! vociféra-t-elle, pourquoi ça ne se referme pas !

— Bon sang ! Le sarcophage est ouvert et vide, la momie a disparu !

La montre de Farouk sonna. Il avait réglé un réveil à 21h45. Paniqué, il s'effraya de plus belle.

— Allez, allez !

Ils continuèrent à pousser, y mettant toutes leurs forces, mais Farouk commençait à devenir livide, terrifié.

— Farouk ! Ce n'est pas le moment de nous abandonner, tenez bon, ressaisissez-vous ! déclara Adélaïde comme sentant la panique qui devait le gagner. Allez, elle bouge !

Il ne restait plus qu'à faire avancer la porte de quelques centimètres. Ils avaient fait le plus gros. Mais Farouk se sentit mal, et se tétanisa à l'approche de l'instant fatidique.

— Farouk ! s'écria Della. Farouk !

Adélaïde s'assit au sol et se mit dos à la porte. Se servant de ses jambes, elle poussa pour condamner les derniers centimètres. C'est alors que son cœur se glaça. On aurait dit que des doigts frigorifiés avaient traversé son corps, comme si une main gelée saisissait son cœur pour le congeler. Soudain terrifiée elle aussi, Adélaïde eut horriblement froid et entendit une plainte gémissante. C'est alors qu'elle crut la distinguer, dans la pénombre, elle crut voir une masse s'approcher lentement, pâle. Prenant peur, refusant cette vérité, elle prit appui contre le mur et poussa de toutes ses forces et dans un bruit sourd, la porte se referma d'un coup sec et violent !

— Farouk !

Della se précipita au chevet de son petit ami et le regarda.

— Bon Dieu, tu es vivant ! Merci ! Oh merci mon Dieu !

Elle l'embrassa et le prit dans ses bras, et Alfred et Phileas se laissèrent tomber au sol à côté d'Adélaïde. En nages, rouges, épuisés, endoloris, ils respirèrent fortement, totalement exténués. Vérifiant leur montre, ils attendirent par acquit de conscience qu'elles passent à 21h48 pour souffler définitivement. Mais avec satisfaction, dès que ce fut le cas, ils purent constater que Farouk était bien toujours vivant. Ils avaient réussi. Personne n'était mort aujourd'hui. La chambre funéraire était refermée.

XXI

Aéroport du Caire, 30 novembre 2014

Phileas, Alfred et Adélaïde étaient à l'aéroport. Terminant d'enregistrer leurs bagages, ils savourèrent d'en avoir fini et retournèrent auprès de Della et Farouk.

— Alors ? Tout est bon ? demanda Della.

— Oui, c'est bon, on décolle d'ici une heure et demie, répondit Alfred.

— Je suis vraiment désolé que mon père n'ait pas eu d'information concernant votre femme, déclara la jeune femme. Je suis terriblement désolée.

— Ce n'est pas grave, s'exclama le vieil homme. En tout cas ce fut un plaisir de vous rencontrer.

Alfred serra la jeune femme dans ses bras, puis serra la main de Farouk.

— Bonne continuation jeune homme.

— À vous aussi ! Repassez nous voir quand vous voudrez !

— Je n'y manquerais pas, sourit le Cavalier.

— Pour ma part ce ne sera pas de sitôt, avoua Phileas avec un sourire. J'ai l'intention de me reposer.

— Je comprends, s'exclama Farouk.

Les deux hommes se serrèrent la main puis Phileas fit la bise à Della.

— Si vous désirez passer nous voir en France, n'hésitez pas.

— D'accord, on y pensera.

Les deux Égyptiens se regardèrent en souriant, certains qu'ils allaient prochainement voyager un peu, quand la jeune femme constata qu'Adélaïde était perdue dans ses pensées, la mine grave.

— Ça va Adélaïde ? demanda-t-elle.

Adélaïde sursauta.

— Euh, oui, oui, pas de soucis.

Elle adressa un sourire aux deux tourtereaux et leur fit la bise.

— Si vous passez en France, venez nous voir, on se fera un plaisir de vous accueillir.

— D'accord, déclara Della.

Ils sourirent tous de sa distraction, puis après un dernier au revoir de la main, les trois compères partirent au poste de douane donner leurs papiers. Remarquant que sa femme se mordait la lèvre inférieure, songeuse, Phileas lui prit la main.

— Ça va ma chérie ? lui demanda-t-il.

— Oui, oui, je suis juste un peu chamboulée.

— Par quoi ?

— Rien, rien, je suis juste fatiguée.

Le téléphone d'Adélaïde vibra. Le saisissant, curieuse, elle regarda le message qu'elle venait de recevoir.

« Bonjour madame. J'aurai besoin de prendre ma semaine pour être avec Mathieu… je vous propose d'arranger cela à votre retour ? Mon petit cul est à vous. »

Adélaïde sourit.

« Phileas remplira votre cul, pour ma part, vous me masserez, vous vous occuperez de mes seins, et vous me lècherez l'entrecuisse jusqu'à l'accomplissement. », répondit-elle.

« Bien madame, à vos ordres ! »

Adélaïde rangea son téléphone sans rien ajouter. Elle donna ensuite ses papiers au douanier et se rendit au détecteur à rayon X. Repensant à toute cette histoire, à ce qu'elle avait cru voir et sentir… Elle ne savait comment l'interpréter. Cette sensation de froid dans son cœur, cette plainte presque inhumaine, cette brève vision horrifique… Elle ne savait qu'en penser, comment le comprendre. Et puis surtout l'antenne locale avait mené le raid comme prévu et ils avaient arrêté les membres du cartel de drogue qu'avait contacté Senders. Ce fut quelques heures avant qu'ils ne pénètrent dans le tombeau, lui confirmant au début que c'était bien grâce à ça que Farouk n'était pas mort, qu'elle avait donc eu raison contrairement aux autres, mais plus elle y repensait, plus elle réalisait que ce n'était pas eux qui avaient pu faire ça, que cela ne pouvait pas être de leur fait. Leurs exactions des derniers jours, rien ne les plaçait aux moments des faits près des victimes. D'autant plus qu'ils avaient effectivement suivi Della et tenté de rechercher Senders une fois que Dumont était mort, de leur propre aveu, cherchant à ne pas perdre la main mise sur leur éventuelle part du gâteau, mais qu'ils prétendaient ne rien avoir à faire avec leur mort. Mais surtout n'arrêtait-elle pas de penser, ils n'avaient pas les moyens de monter un tel coup, après avoir vu leur matériel, leurs moyens, elle en était convaincue. Adélaïde était donc perdue, car la seule vraie explication était farfelue, abracadabrante, et elle ne pouvait y croire.

Ils entrèrent dans l'avion en direction de Paris et s'installèrent à leurs places respectives. Moins d'une heure et demie plus tard ils décollèrent ensuite, quittant l'Égypte et ses mystères.

Adélaïde reprit alors connaissance et se redressa en sursaut. Entièrement nue, couverte de sueur, haletante, elle regarda autour d'elle affolée. Phileas était allongé à ses côtés, inconscient, lui aussi entièrement dévêtu. Toisant les alentours, elle constata qu'ils étaient dans un endroit très sombre, mais des bougies placées en cercle autour d'eux les éclairaient faiblement d'une couleur chaude. Paniquée, elle se rendit jusqu'au chevet de son époux et chercha à le réveiller.

— Phileas ! Phileas ! Réveille-toi ! le secoua-t-elle.

— Mmmh…

Phileas se réveilla tant bien que mal, une large blessure à la tempe gauche et à l'arrière du crâne.

— Bon sang, fit-il en se tenant la tête.

Adélaïde inspecta ses blessures. Le sang avait déjà séché mais malgré le sable cela ne semblait pas aussi grave que cela en avait l'air.

— Bon Dieu, dans quel bordel s'est-on encore fourrés ? lâcha-t-elle.

Phileas se redressa tant bien que mal et regarda sa femme se rendre vers les bougies les encerclant. Vive, elle en prit une et se dirigea vers les murs de pierre émergeant autour d'eux de la pénombre.

— Pourquoi est-ce qu'on est encore vivant ? demanda-t-elle.

Phileas toucha sa blessure du bout des doigts en faisant une moue de douleur et les examina ensuite.

— Je n'en ai aucune idée, répondit-il.

Adélaïde inspecta les murs, et comprenant pourquoi l'air était si étouffant et sec, elle découvrit avec étonnement des hiéroglyphes.

— Bon sang, Phileas, qu'est-ce qu'on fout dans une pyramide égyptienne ? On est dans une pyramide !

— Quoi ?

Adélaïde se retourna vers son mari pour lui expliquer la situation, quand soudain un vent glacial lui donna la chair de poule. Frigorifiée, elle tenta de se réchauffer en serrant les bras, lorsqu'elle la vit. Le souffle coupé, essayant de crier mais trop effrayée pour qu'un son sorte de sa bouche, elle se retrouva tétanisée de terreur. Sortant d'un couloir sombre la main tendue vers elle, la momie s'avançait dans sa direction. Les chairs du visage sous les bandelettes décomposées par l'air, le cœur à moitié ranci battant lentement derrière une cage thoracique partiellement révélée, le pas saccadé par les muscles d'une jambe trop putréfiée pour qu'elle puisse marcher normalement, elle se traînait dans une plainte inhumaine que sa bouche en partie édentée lâchait comme depuis les entrailles de l'enfer. Tremblante de terreur, Adélaïde s'écroula au sol, ses membres ne la supportant plus. Fixant ses orbites vides, percevant l'espace d'un instant ce qui lui sembla être un rictus de douleur et de souffrance dans le visage nécrosé de la créature, elle recula à l'approche de ses doigts squelettiques. Son cœur battant plus vite que jamais, presque à en exploser, elle réussit finalement à pousser un puissant cri d'effroi lorsqu'elle la toucha.

Adélaïde se réveilla alors en sursaut et poussa un cri effroyable.

— Ola, ola ! la calma immédiatement Phileas, ça va, ce n'était qu'un mauvais rêve !

— Ça va ? lui demanda Alfred.

La jeune femme regarda tout autour d'elle affolée. Paniquée, tremblante et parcourue d'une chair de poule, elle avait le cœur qui battait à cent à l'heure. Mais elle était dans l'avion, assisse côté hublot à côté de Phileas. Tout ça n'était qu'un cauchemar.

— Ça va ? Tu vas bien ? lui demanda Phileas.

— Oui, oui, ce n'est rien, répondit-elle. J'ai juste fait un mauvais rêve oui… Désolée.

Adélaïde s'enfonça dans son fauteuil, se réchauffa tant bien que mal et regarda par le hublot, hésitante. Toute cette histoire s'était passée trop rapidement et était confuse. Elle ne savait pas quoi en penser. Elle n'était pas sûre de ce qu'elle avait vécu.

Épilogue

Phileas, Adélaïde et Alfred arrivèrent chez ce dernier. Fatigués, épuisés, ils posèrent leurs affaires et tandis que le maître des lieux prépara de quoi boire, les deux époux s'installèrent dans le canapé.

— Je suis mort ! déclara Phileas.

— Et moi donc ! J'ai besoin d'un bon bain et de dormir toute une journée ! s'exclama Adélaïde.

— On a besoin de vacances.

— Oh oui, de longues vacances.

Alfred revint avec trois verres et un soda frais, et leur prépara à tous les trois un rafraichissement.

— Petits joueurs !

— Genre tu ne vas pas aller te coucher dès qu'on sera partis ? ricana Phileas.

— Bla-bla-bla…

Alfred leur tendit leur verre et ils trinquèrent.

— À l'Égypte et ses histoires fantastiques !

— Qu'elles reposent sous terre là où elles ne risquent pas de faire de mal ! ricana Phileas.

Adélaïde sourit et trinqua, mais resta silencieuse en buvant son verre. Toujours travaillée par toute cette histoire, chamboulée dans ses convictions, elle ne savait pas ce qu'elle devait croire, ce qu'elle pouvait croire. Ce cauchemar lui avait glacé le sang.

— Tu vas où ? demanda-t-elle à Phileas lorsqu'il se leva.

— Je vais juste aux toilettes, sourit celui-ci.

Il embrassa sa femme, ébouriffa les cheveux de son père puis sortit du salon.

Mais il ne se rendit toutefois pas aux toilettes. Montant discrètement à l'étage, il s'isola dans la chambre d'ami et après avoir refermé la porte derrière lui, il sortit son téléphone portable de sa poche. Cette idée en tête depuis sa conversation avec Adélaïde dans la vallée des Rois, il avait ressenti le besoin d'en avoir le cœur net, il voulait être sûr qu'on ne s'était pas joué de lui. Tout cela avait eu l'air vrai, semblait vrai, mais il avait été pris d'un doute, d'une idée encore plus folle. Tapant un numéro qu'il connaissait de mémoire, il appela Homer Fisher. Sans même un bonjour, d'un ton ferme et agressif, il lui posa alors la question qui lui brûlait les lèvres.

— Je sais que vous surveillez tous mes faits et gestes, je sais que vous savez où j'étais. Alors je veux savoir, est-ce que vous avez organisé tout ça ?

FIN

À suivre dans
Disparition

Couverture et textes © 2016 Philippe Rosenberger.
ISBN 979-10-96190-31-7

www.ingramcontent.com/pod-product-compliance
Lightning Source LLC
Chambersburg PA
CBHW051824150726
47998CB00001B/275